さようなら竜生、こんにちは人生
GOOD BYE, DRAGON LIFE.
21
永島ひろあき
HIROAKI NAGASHIMA

目次

主な
登場人物
MAIN CHARACTERS
ディアドラ
妖艶な黒薔薇の精。
ドランの恋人の一人で、
面倒見の良さから
皆に慕われている。
ドラミナ
ドランの婚約者で
よき相談相手の
元バンパイア
クイーン。
クリスティーナ
“竜殺しの因子”を受け継ぐ
絶世の美人剣士。
ベルン男爵に
叙された。

終焉竜
始祖竜の破滅の
遺志を体現し、
世界を終焉に導く
恐るべき存在。
セリナ
ドランと婚約を果たした
ラミアの美少女。
ドランの心の拠り所
でもある。
ドラン
最強の古神竜“ドラゴン”の
転生した姿。
クリスティーナの下で
故郷ベルン村の発展に
取り組む。
レニーア
神造魔獣の魂を
持つ少女。
ドランを魂の父
と慕う。

第一章――始祖竜の二つの意志

大陸北方の覇者《はしゃ》たる宗教国家――ディファラクシー聖法王国。

この国では、古神竜ドラゴンの転生者であるドランでさえも知らない〝デミデッド〟なる神が、唯一無二の存在として崇拝《すうはい》されている。

世界中の人々をデミデッドの信者とするべく行動を開始した彼らが、何よりも警戒し、排除しようとしたのが、新たにベルン村の領主となったクリスティーナだった。

彼女が持つ剣は、かつてドラゴンスレイヤーと呼ばれ、この星の先史文明である天人達《てんじんたち》が最強の兵器として星間戦争に用いた武器である。

以前より天人の遺産をはじめ、異星からの侵略者である星人《ほしびと》の遺産を収集し、研究し、利用してきた聖法王国がこの剣を押さえようとするのは、当然の動きだ。

領内を視察中に聖法王国から放たれた刺客《しかく》に襲われたドランとクリスティーナは、そう考えていた。

——少なくとも、襲撃者を撃退した段階では。

聖法王国は、天意聖司《てんいしょうし》と呼ばれる強大な力を持つ精鋭《せいえい》を複数抱え、浴びた者の脳髄《のうずい》に侵入して洗脳する雨を周辺諸国に降らせて支配を広げる危険な国家である。

無論、ドラン達はこの国の魔の手がアークレスト王国にまで伸びてきているという事態に、警戒を強めた。

国家が戦争を仕掛けてくるのならば、その報告を王宮へ上げなければならない。

王家から領地を賜《たまわ》るベルン男爵《だんしゃく》クリスティーナと、その補佐官であるドランとしては当然の務《つと》めだ。

ところが、いつもなら真っ先に王宮に知らせ、自《みず》らは事態を見守り、あえて仕掛ける事はしないドランが、今回ばかりは自分達の方から打って出るべきだと判断した。

これは、敵勢力がドラゴンスレイヤー——改めドラッドノートへの対抗手段を用意している可能性が高い点を憂慮《ゆうりょ》した為である。

いかに天人文明や星人文明の遺産を持っていたとしても、地上世界最強の兵器であるドラッドノートへの対抗手段を用意する事は至難《しなん》の業《わざ》である。しかし、もしそれが叶っていたならば、この地上においてドラン以外に敵《かな》う者はいないも同然だ。

そんな物騒《ぶっそう》極まりない力を、強制的な洗脳も辞さないような宗教勢力が有しているとなれば、これはドランでなくとも危険視するというもの。

こうして、クリスティーナをはじめとするベルン村上層部の面々は、白竜に変身したドランを移動の足として、はるか北方の大地に築かれた聖法王国の首都を目指したのだった。

敵地へと向かったのは、ドランとその恋人達——ラミアの少女セリナ、黒薔薇《くろばら》の精ディアドラ、バンパイアの元女王ドラミナ、そしてクリスティーナ。

大国に戦いを挑むには些《いささ》か心許《こころもと》ない人数だが、その力はまさに一騎当千《いっきとうせん》と言うに相応《ふさわ》しく、立ちはだかる強敵達をものともせず、いつものように蹴散らした。

激戦を潜《くぐ》り抜けて聖法王国に辿《たど》り着《つ》いたドラン達は、かの国の裏に古代の外宇宙からの侵略者である〝デウスギア〟の影が存在している事を突き止める。

聖法王国は異なる星の者達の掌《てのひら》の上で踊らされていたのである。

しかし、たとえ星人そのものがこの国を牛耳《ぎゅうじ》っていたとしても、これまで通り古神竜ドラゴンたるドランとその恋人達が真価を発揮すれば、瞬《また》く間に終わる戦い——のはずだった。おそらく、セリナやディアドラ達ばかりでなく、破壊と忘却を司《つかさど》る大邪神カラヴィスや大地母神マイラールといった神々でさえ、そう確信していただろう。

古神竜ドラゴンに敵う者はない。

ドラゴン――つまりはドラン自身が負けるつもりにならない限り、彼に敗北はあり得ず、苦戦すら成立しない。

現代とは比較にならない多次元に及ぶ規模と圧倒的な科学・魔法技術を有した超先史文明の最強戦士である七勇者とドラゴンスレイヤーでさえ、例外ではなかった。

かつてのドランが死を受け入れたからこそ、彼らは勝利したのだ。

勝つも負けるも全てはドランの意思次第。

それがこれまでの戦いであり、これからもそうであるはずだった。

ふむ――と、ドランが口癖《くちぐせ》の一言と共に、技を必要としない圧倒的な力で、敵対者を魂《たましい》から粉砕する。

だが、今回ばかりはそれで終わらなかった。

聖法王になりすまし、聖法王国と異星人デウスギアの遺産を我欲の為に利用し続けた、真の黒幕がいたのだ。

クリスティーナの先祖を含む七勇者に討たれた直後のドラゴンの魂を滅ぼそうとして、返り討ちにあったはずの六柱の邪神共が混ざり合った成れの果て。

ドラゴンから奪い取った力と周囲に広がる原初の混沌《こんとん》を貪《むさぼ》り、ドラゴンとは似て非なる竜種の姿を取り、自らを終焉竜《しゅうえんりゅう》と名乗った存在だ。

かくして、この世界、この宇宙が誕生した領域――原初の混沌で、ドランと終焉竜による、世界の命運を懸けた戦いが始まった。

†

持てる全ての力を惜しみなく解放し、古神竜としての姿を取ったドランと終焉竜の極限の戦いは、その激しさを増していた。

終焉竜の攻撃によって罅《ひび》が入ったドランの鱗《うろこ》が急速に修復されて、一面に広がる雪原の如《ごと》く傷一つない状態を取り戻す。

前世は古神竜として永《なが》き時を過ごしたドランでも、かつての自分自身でもあった始祖竜と同等以上と認めざるを得ない存在には、遭遇《そうぐう》した覚えがなかった。

そして間違いなく、終焉竜よりも強大な敵とは今後二度と出会わないだろうと、彼は心の底から確信していた。

それは……これほど強大な敵が他にも存在するはずがないと考えているからなのか、あるいは、この戦いで自分の生命が尽きると感じているからなのか。

どちらにせよ、黙ってただやられるだけのドランではなかった。彼にはまだ戦うべき理由も、生きるべき理由も山ほどある。

地上世界に残してきたセリナ達や、故郷の家族、ベルン領の人々をはじめ、彼がこれからも共に生きたいと願う者達のなんと多い事か。それはそのまま、ドランの生きたいという願いの強さに繋《つな》がっている。

転生によって弱体化したドランが、それでもなお前世よりも強いと称される最大の理由。それはすわなち、生きるという強い意志、前世では欠乏《けつぼう》していた〝心〟という要素が、かつてない程に満たされているからだ。

「おおおおお‼」

こと戦闘において、自らを鼓舞《こぶ》する為の叫《さけ》びなど、ドランにとってはほとんど経験がなかったが、目の前の終焉竜はそうしなければならぬ敵であった。そうしなければならない苦境なのである。

ドランは七枚の翼を羽ばたかせ、原初の混沌をかき分けて終焉竜へと挑む。

原初の混沌に浮かぶ無数の世界を、羽ばたき一つで滅ぼせる力を持った二柱の存在の激突は、その余波だけでもあらゆる世界にとって存亡の危機に直結する。

人間には理解出来ない高次元の空間であるこの場所において、ドラン達の正確な大きさや距離を測る行為は意味をなさない。

それでも大きさの違いに意味を見出《みいだ》すとしたなら、互いの体躯《たいく》の差はそのまま存在の格、保有する力の差に繋がる点だろう。

古神竜の姿となったドランがなお見上げなければならない終焉竜とは、つまり、それだけ格上の相手なのだ。

それでもドランは戦いを諦《あきら》めなかった。

勝利を掴《つか》むべく挑み続ける。

全ては去《さ》り際《ぎわ》に交わしたセリナとの言葉を守る為。そして人間としての生を全《まっと》うする為に！

飛翔《ひしょう》するドランから流星群を思わせる七色の光弾が無数に放たれて、四方から終焉竜へと襲い掛かる。

地上世界に広がる星の数ほどの光弾は、眩《まばゆ》い輝きと共に終焉竜を包み込んだ。

一つ一つが大神であろうとも即座に滅ぼす威力を持つそれらを、終焉竜は防ぐ素振《そぶ》りも見せずに、まるで心地《ここち》よいと言わんばかりに浴び続ける。

七色の光の爆発に包まれた終焉竜は、嘲《あざけ》りでも侮《あなど》りでもなく、淡々《たんたん》と言葉を重ねる。

「怯《おび》えを糊塗《こと》する為の叫びか？　己《おのれ》を奮《ふる》い立《た》たせる為の叫びか？　……どちらでもよい。どちらでも結果は変わらぬ。古《いにしえ》の神なる竜と名乗り、自らをドラゴン、そしてドランと定義した始祖竜の心臓よ。その脈動《みゃくどう》を止め、存在を停止する時が来た。終焉の幕が下りると理解せよ」

六邪神が見せた高揚や侮蔑《ぶべつ》が欠片《かけら》も込められていないその声音《こわね》は、だからこそドランの警戒を強くさせた。高揚や興奮がないのはまだいい。だが侮蔑や嘲りの類《たぐい》が含まれていないのは、意外と評するほかない。

——六邪神の面影《おもかげ》とでもいうべきものが、既に終焉竜から消え去っている？　もしや、六邪神もまた真の黒幕ではないのか？

新たな可能性がドランの脳裏《のうり》をよぎった時、終焉竜が動いた。

攻撃を加えるべく迫るドランに対し、終焉竜の左側四枚の翼が大きく広げられ、それに伴《ともな》って生じた衝撃波が七色の流星群を消し飛ばしながら襲い掛かる。

内臓も骨も、何もかもがその場でばらばらになるような衝撃の中で、それでもドランは進み続けた。

肉薄と呼べる距離の直前で、彼は練り上げた力をブレスに変えて、終焉竜の頭部を狙って放つ。外しようもない位置と外しようもない相手の巨体だ。

渾身《こんしん》のブレスを放ち、それに対する終焉竜の行動で、彼我《ひが》の実力差をより正確に把握《はあく》しようという考えがドランにはあった。

霧状《きりじょう》に広がりながら終焉竜へと迫る必滅《ひつめつ》のドラゴンブレス。

しかしそれを、終焉竜が放ったブレスが呆気《あっけ》なく貫き、吹き散らす。灰色の光に見えるブレスは、ドランの放つ全力のブレスをはるかに上回る威力を持っていた。

「むっ⁉」

ドランはブレスの放射を止め、咄嗟《とっさ》に身を捻《ひね》って終焉竜のブレスの直撃を避けるが、その純白の竜鱗を灰色の光が不吉に照らし出す。

直撃を受けたわけではないにもかかわらず、ドランの鱗はびりびりと震え、鱗と鱗の隙間からいくばくかの血が流れ出る。

「ふんっ‼」

ドランは全身から血の糸を伸ばしながらも、自身よりもはるかに巨大な終焉竜の懐《ふところ》に飛び込んだ。

あらん限りの力を込めた両腕を交差するように振るって、終焉竜の胸部へと斬りつける。

いかなる神の鍛《きた》えた防具も、また既知世界に存在する物体や概念すらも斬り裂き得る古神竜の一撃を受けて、終焉竜は――

「かつての〝邪神達であった我ら〟なら百度は滅びた一撃も、今や〝終焉竜となった我〟にとってはこそばゆいぞ、始祖竜の心臓よ」

――いっそ哀《あわ》れむようにそう告げた。

終焉竜の鱗には、うっすらと爪痕が残るのみ。その虹色に輝く五つの瞳を見返し、ドランは構わず攻撃を続ける。

しかし、すんでのところで、こちらの視界を塞《ふさ》ぐように迫り来る終焉竜の左手に気が付いた。

ドランが常時展開している防御障壁に加え、追加で無数に展開した障壁が、薄氷《はくひょう》の如く砕かれる。彼はかろうじて体を仰け反《のぞ》らせ、頭部を粉砕される事態を回避した。

その勢いのまま後方へと回転しながら離れるドランへ、終焉竜は八枚の翼を僅《わず》かに動かして追撃の動きを見せる。

対するドランもこれを予測しており、終焉竜の気配のする方向へ虹色の光の津波を放射して迎え撃った。

一切の容赦《ようしゃ》がない全力の攻撃であり、同時に終焉竜の動きを探知する役目も併《あわ》せ持った一撃。しかし終焉竜は三本の尾を縦横無尽《じゅうおうむじん》に振るって、原初の混沌に広がる虹色の津波を呆気なく斬り裂き、無数の飛沫《しぶき》へと変えてしまう。

これまでドランが数多《あまた》の敵を葬《ほうむ》るまでに描いてきた光景が、そっくりそのまま逆転したような状況だった。

ドランは〝なるほど、奴らはこういう気分だったのかもしれん〟と苦笑を零《こぼ》す。

彼にはまだ、自嘲《じちょう》するだけの余裕があった。少なくとも、敗北を理解した潔《いさぎよ》さが見せた表情ではない。

ドランが笑みを消し去り、再び体勢を整えた時、終焉竜は顎《あご》を開き、喉《のど》の奥から灰色の輝きが溢《あふ》れ出しはじめる。

竜種が持つ最大級の武器の一つに数えられるもの――すなわちブレス発動の前兆である。

一際《ひときわ》強く輝きが放たれた後、光は集束して灰色の光の奔流《ほんりゅう》となってドランへ放たれた。

射線上にある原初の混沌を呑み込みながら、終焉竜の灰色のブレスはドランを目掛けて迫る。

回避が間に合わぬと悟ったドランは、空に浮かぶ星の数よりも多い障壁を前面に展開し、少しでも威力を減衰《げんすい》させようと足掻《あが》く。

――そう、足掻いたのだ。

彼はこの攻撃を防ぎきれないと理解していた。

「ここまでか！」

負けるという諦めか、それともこれ程までに力の差がある事への驚愕《きょうがく》か。

どちらにせよ、ドランが口にした短い言葉の中には、極めて濃密な苦渋《くじゅう》の成分が含まれていた。

そんなドランの眼前に、するりと長い巨大な影が、終焉竜のブレスに立ちはだかるようにして割込んだ。

渦《うず》を巻くように身をくねらせた影が、灰色の奔流を受け止める。

「リヴァイアサン⁉」

かつては同じ存在として一つだったその長大な体躯の主の名を、ドランは思わず口にしていた。

灰色のブレスを青く濡れた鱗の巨躯《きょく》をもって見事に受け切ってみせたのは、ドランと同格の始原

の七竜が一柱、古龍神リヴァイアサンに他ならない。

彼女は終焉竜への警戒の意識をそのままに首を曲げて、日頃弟扱いしているドランを振り返る。

常に持っている余裕こそまだ残っているものの、彼女の声音にも雰囲気《ふんいき》にも、一切の緩みはなかった。

「ドラン、これはまたとんでもない輩《やから》が出てきおったな。見よ、妾《わらわ》の鱗でも耐えきれずに砕け、肉を抉《えぐ》られた。そなたの鱗と肉体であったら、この程度では済まぬぞ」

リヴァイアサンの声色《こわいろ》に苦痛の響きはなかったが、原初の混沌を攪拌《かくはん》するように動く彼女の体は、終焉竜のブレスによって傷付いていた。

広範囲にわたって鱗が削られ、その下に隠れていた肉が露《あら》わになっている部分が見受けられる。

その傷も始原の七竜中で最も強靭《きょうじん》な生命力によってすぐに塞がったが、頑強《がんきょう》なるリヴァイアサンがこれほどの傷を負うなど、前代未聞の事態だった。

「やはり君でもままならない相手だったか。だが、まずは助けに来てくれた礼を言いたい。ありがとう」

「礼を言われる程の事ではない。よもやあそこまでの存在が現れるとは、妾達も予見出来ずにいた。終焉竜と名乗る相手の誕生を防げなかったのは、妾達の手落ちと言えよう。何より、単純に強いのが厄介《やっかい》よな。あらゆる点で妾やそなたより上ぞ。それこそ、妾達が総がかりで挑む必要があるほどにのう」

リヴァイアサンが総がかりと口にしたのは、単なるたとえ話ではなかった。

直後、五つの目を僅かに細めていた終焉竜の前後左右上下から、真っ黒い火炎弾が殺到し、同時に着弾して、その巨体を余すところなく黒炎の中に呑み込む。

ドランでさえ障壁や鱗ごと焼かれる覚悟をしなければならないこの黒炎は、終焉竜を挟んでドランの反対側に出現していたバハムートが放ったものだ。

「我が黒炎でも鱗一つ燃やせぬか。ならば燃えるまで続けるのみ」

終焉竜を取り巻いていた黒炎がさらに勢いを増して渦を巻き、無限に熱量を増やしていく。

黒炎の火の粉《ひこ》一つだけで膨大《ぼうだい》な数の宇宙を生み出せるだけの熱量を持つが、始原の七竜にとって特筆するようなものではない。

終焉竜を前にしたバハムートは、竜界において不動不変の要《かなめ》として在《あ》る普段の姿とはかけ離れ、全ての神々が力を合わせてなお及ばぬ超越者の一角たる威圧感を振り撒《ふま》いていた。

そしてバハムートの殺意と共に、さらなる黒炎のブレスが絶え間なく放たれる。

粉砕、消滅の要素が強いドランのブレスに対し、燃焼・焼却の要素を強く持つバハムートのブレスならばあるいは……

だが、そんな希望的観測を、ドランは持たなかった。おそらくリヴァイアサンも、ブレスを放っているバハムート自身も。

故《ゆえ》に、黒い炎の塊《かたまり》の中から終焉竜の声が聞こえてきても、三柱の最高位の竜達に動揺《どうよう》はなかった。

「笑止」

その一言と共に終焉竜の全身より灰色の嵐の如き魔力が放出されるや、バハムートの渾身の黒炎は数えきれない火の粉へと吹き散らされて、原初の混沌の中へと消えていく。

始原の七竜であっても無傷では済まぬ黒炎に身を晒《さら》されてなお無傷を誇る終焉竜。

その頭上より、喉がはち切れんばかりの怒声を叩きつけて襲い掛かる竜の影が一つ。

「貴様は、とっととくたばれ‼」

いまだ残る黒炎を反射して輝く銀の鱗の主は、古神竜アレキサンダーだった。

彼女は終焉竜の肩に乗るようにして首筋へと噛《か》みつき、白と灰の鱗を貫かんと牙を突き立てる。

彼女もまた、兄と姉達と共に竜界から事の成り行きを見守っていたが、最強無敵と信じるドランの信じがたい苦境を前に、堪《たま》らず参戦したのだ。

角の先から尻尾の先まで、彼女の全身で怒りを抱いていない箇所など細胞一つもない状態である。

アレキサンダーは終焉竜の左右に広がる八枚の翼を両手で押さえ込み、ギリギリと鱗を食い破ろうと試みる。

「始原の七竜の末《すえ》の妹か。リヴァイアサン、バハムートも姿を見せたとなれば、当然、汝《なんじ》らも来るのが道理。始原の七竜の揃い踏みとは、かつての我らならば滅びの恐怖に震えて縮こまっただろう。だが、今となっては、な……」

終焉竜はまるでじゃれつく小動物を相手にしているかのように、自らに噛みつくアレキサンダーを放置したまま、周囲に目を向ける。

アレキサンダーに僅かに遅れて姿を見せ、周囲を旋回しているのは、翡翠色《ひすいいろ》の鱗を持つ古神竜ヴリトラ。

始原の七竜を含めてあらゆる存在の中で最速とされる彼女が全力で周囲を旋回《せんかい》し、破滅の風を纏《まと》う爪で斬りかかった。

「初めまして終焉竜君！　早速だけれど、ボク、君は嫌いだな！」

終焉竜の左肩、腹、背中、右太もも……ありとあらゆるところをヴリトラの爪が斬り裂いていく。

ヴリトラの攻撃はさらに加速し、巻き起こす風にも彼女の殺意と闘志が乗り、戦闘系の神であろうとも五体無事では済まぬ殺傷力を得ている。

身内であるドランでも滅多《めった》に見た覚えのない、殺意に満ちた攻撃だ。

ヴリトラ自身の爪や牙、尾の一撃だけでも計り知れない破壊力を持つというのに、この速度と風による攻撃が加われば、どれほどの威力になるのか。

同時に終焉竜に襲い掛かるアレキサンダーとヴリトラは互いを信頼しているのか、どちらにも遠慮は見られない。

ヴリトラは決してアレキサンダーを巻き込まぬよう飛び回り、アレキサンダーもまた自分が巻き込まれるとは考えず、牙と翼を押さえつける両手に力を込める。

「ボクは速さが価値観の基準で、何事も早くが信条なのだけれど！」

一つ、二つ、三つ、四つと、ヴリトラの爪が擦《こす》れる音が重なる。速度はさらに増し続けて、終焉竜に爪が触《ふ》れた回数はとうに百を超えただろう。

「君には一刻も早くこの世界のありとあらゆる場所から退場してほしいな！　二度と復活なんてしなくていいからね！」

一旦距離を置いたヴリトラは、ドランの渾身の一撃を受けた終焉竜の胸部に最高の一撃を叩き込まんと、誕生以来最速となる飛翔で一直線に原初の混沌の中を突き進む。

「速い――」

ドランでもかろうじて捕捉出来る程の速さのヴリトラの殺意を浴びて、終焉竜は短い言葉を発した。

「――だが、遅い」

最高速をもって最大の殺意と最高の一撃をなすヴリトラを、終焉竜の虹色の瞳は確かに捉えていた。

ヴリトラはそれに気付くのと同時に、下方から弧を描いて突き上げてきた終焉竜の尾に腹を強《した》か《た》に打たれていた。

終焉竜の尾が腹を貫いて背に抜けたのではないかと錯覚《さっかく》する衝撃の後、鱗と骨の砕ける音が体内に鳴り響く。

生まれてはじめて口から血を吐くという経験をしたヴリトラは、なるほどこれは痛い！　と、まだ余裕のある感想を抱いた。

幸《さいわ》い、胴体がちぎれるまでには至らなかったが、さらに襲い来る残る二つの尾の攻撃を許せば、いかにヴリトラとて命が危《あや》うい。

それは終焉竜の首筋に噛みついたままのアレキサンダーにも理解出来ていた。

ヴリトラの速さが捕捉された驚きに目を見開きながら、彼女は次にとるべき行動を選択する。そしてそれは、ヴリトラを殺させない、という点では正解と言えた。

「やらせるかぁあ！」

姉《ヴリトラ》を案ずる気持ちが終焉竜への殺意に変換され、アレキサンダーの喉の奥から銀色の光が溢れる。

首筋に食らいついたまま全力のブレスを放射して、終焉竜に少しでも傷を負わせるか、あるいはその尾の動きを阻害しようと狙っての行為だ。

しかし、終焉竜の動きに乱れは生じなかった。

終焉竜の三本の尾の内の一本がヴリトラの頭部を、もう一本が下半身を砕くべく、灰色の三日月の軌跡《きせき》を描いて襲い掛かる。

ヴリトラは体内を蹂躙《じゅうりん》する衝撃と苦痛に苛《さいな》まれながらも、このままでは迫りくる二本の尾を回避する事が出来ないと、冷静に分析していた。

(こりゃまずいや。痛みで完全に翼が止まっちゃった。再生は出来るだろうけれど、上半身くらいしか残りそうにないな。流石《さすが》にそれは嫌だなあ……)

ここまで心中で思考を進めてから、ヴリトラは血反吐《ちへど》を撒き散らしながら叫んだ。

「ごめん、任せた!」

「ほ～い」

この場には似つかわしくない呑気《のんき》な声と共に乱入した何者かが、ヴリトラの頭部を狙う尾に横合いから体を叩きつけて軌道を逸《そ》らした。

助けに入ったのは、紫色の鱗を持つ目を閉ざした竜——残る七竜の内の一柱、ヒュペリオンである。

始祖竜の尾から誕生したヒュペリオンが自分の体を鞭《むち》のようにしならせて体当たりし、どうにか一本の尾を弾くのに成功した。ドランに倍する巨体の終焉竜だが、その尻尾一本の軌道をずらす程度なら可能だった。

一方、残るもう一本の尾はこの時、まるで見えない針で縫《ぬ》い付《つ》けられたように動きを止めていた。それればかりか、終焉竜の首筋に噛みついていたアレキサンダーとヴリトラ、ヒュペリオンの姿が消え、いつの間にかドランとリヴァイアサンの傍《かたわ》らに移動している。

既にバハムートもドランらの隣《となり》に動いていたが、こちらは自ら移動した結果であり、他者によって移動させられたアレキサンダー達とは事情が異なる。

この御業《みわざ》をなしたのは、始原の七竜最後の一柱——六つの頭に一つずつ眼を持つ異形《いぎょう》の古神竜。

ドラン達のさらに後方に姿を見せたその者の名を、終焉竜が口にする。

「〝涯《はて》と頂《いただき》を見通す〟ヨルムンガンドか……」

終焉竜の尾を止めたのも、アレキサンダー達を移動させたのもヨルムンガンドの瞳に秘められた力による。

ヨルムンガンドは六つの竜眼《りゅうがん》によって尾を強制的に拘束し、同時にヴリトラ、ヒュペリオン、アレキサンダーの姿をドラン達の傍らに幻視する事によって、彼らの位置を入れ替えて瞬間移動させたのだ。

本来なら存在しない対象を、幻視する事によって存在を確定させる。〝眼〟に由来する異能の中でも最上位に位置する能力の一つだが、ヨルムンガンドはその使い手としても頂点に立つ。

「なるほど……これで始祖竜の頭、眼、牙、四肢、翼、尾、心臓、そして心が集ったな。予定通り、始祖竜の残像を消し去る絶好の機の巡《めぐ》りに、我ら――否《いな》、我は浮き立つかのような気持ちだよ」

ドランの一撃も、バハムートの黒炎も、アレキサンダーの牙も、ヴリトラの爪も、ヒュペリオンの体当たりも、全てを無防備に受けた終焉竜だが、その体に負傷は見受けられない。

ひょっとしたら体内に苦痛の蓄積があるかもしれない、と期待するのはあまりに希望的観測が過ぎるだろう。

ヴリトラは砕けた鱗と骨、破れた内臓や血管の修復を終えて、救い主である二柱に顔を向ける。

「いたたたた、ありがとう、ヒュペリオン、ヨルムンガンド。いやあ、速さで負けるなんて、初めてだなあ」

彼女は口元を濡らす血をペロリと舐《な》め上げて、悔《くや》しさが三分の一、残る三分の二にワクワクドキドキとした興奮が含まれる声を出す。

「礼は不要。しかし同胞よ、お互いに無傷とはいえ、あちらはもとより傷一つないが故の無傷。我らは受けた傷を癒《いや》し終えての無傷。結果は同じでも、過程は雲泥《うんでい》の差と言えよう。過酷なる戦いだ」

ヨルムンガンドの声音は徹頭徹尾《てっとうてつび》厳しく、冷たく、険《けわ》しいものだが、ヒュペリオンはその反対で変わらずポワポワとした声で応える。

「あっちとこっちの体格差もあるけれど、ぶつかってみて完全に力負けしちゃったなあ。尻尾で叩き合いをしたら、こっちの尻尾が付け根から引きちぎれちゃいそうだよ」

直接接触して攻撃をするなら気を付けてね、という意味なのだが、その呑気さがアレキサンダーの癇《かん》に障《さわ》ったらしい。

顎の具合を触って確かめていた彼女が、言葉の牙でヒュペリオンに噛みつく。まだまだ元気いっぱいの様子だ。

「呑気な声で物騒な事を言うな！　はん、自分の力だけで勝てぬのは腹立たしいが、私達始原の七竜が揃って滅ぼせない存在などあるものか！」

アレキサンダーは単独では滅ぼせないと悔しがりながらも、気炎万丈《きえんばんじょう》といった調子で全身に力を漲《みなぎ》らせる。その姿は、終焉竜の力を直に感じて眦《まなじり》を険しくしている他の六竜に、さらなる奮起《ふんき》を促《うなが》す格好の材料だった。

僅かな戦闘の間に得られた情報を分析していたバハムートが、末の妹の強がりに一瞬笑みを零すが、即座に厳粛《げんしゅく》な面持《おもも》ちへと戻って終焉竜を見据える。

この場に居るどの始原の七竜よりもはるかに巨大な格上の敵を。

「アレキサンダーの闘志を見習わねばならんか。さて、我らがこうして肩を並べて同じ敵と戦うなど、初めての事態。理由と内容を別にすれば、喜ばしき兄弟の共同作業だ。油断も慢心もならん。我らの力でも足りまい。霊魂《れいこん》と血肉の全てからあらん限りの力を絞りつくせよ、我が弟と妹達よ」

それに応えるリヴァイアサンは眦《まなじり》を吊り上げて怒りを滲《にじ》ませており、普段の温厚な様子はすっかり鳴りを潜めている。

「言われるまでもないぞ、バハムート。妾も初めて鱗を砕かれたのは新鮮な驚きではあるが……思った以上に腹が立っておる。あやつの鱗という鱗を砕いてやらねば腹の虫がおさまらぬのう」

「終焉竜なんて大層な名前を名乗られちゃったら、ボク達もやる気を出さないわけにはいかないもんね！」

ヴリトラは、もう捕まらないぞ、とばかりに小刻みに翼を動かして、さらに速度を求めようとしている。

誰かに遅いと言われたのは彼女にとって生まれて初めての経験だ。それはヴリトラの挑戦心に火をつけると同時に、彼女にこの上ない屈辱《くつじょく》を味わわせていた。

「ふん、今度こそ首を噛みちぎってやる」

アレキサンダーは鼻を鳴らし、牙を剥《む》き出《だ》しにして息を巻く。

そんな中、かつてない緊張感に満ちているドランがヨルムンガンドに声を掛けた。

「ヨルムンガンド」

「どうした、ドラン。あまり悠長《ゆうちょう》に話す余裕はないぞ」

「分かっている。だが、確かめておかねばならん。私の転生に際して、終焉竜は私の力の大部分を奪い、今や完全に使いこなしている。元となった六柱の邪神共も、カラヴィスやマイラールに並ぶ大神だ。この時に至るまで力を蓄え続けてもいただろう。……しかし、それにしても強すぎはしないか？　私単独を上回るだけならばまだあり得る。だが、バハムート達の猛攻を受けて無傷で済む程の強さを得るのはあり得ん。私であろうともあれだけの攻撃を受け続ければ、再生が追いつかず、五体無事とはいかん。君の〝眼〟で何か分からんか？」

ドランに問われたヨルムンガンドが、重々しく口を開く。

「……君の生きている世界の時間で十七年前になる」

「ふむ」

「私の眼をもってしても錯覚かと思うようなごく僅かな変化が、原初の混沌に生じた。新たな神が生まれても、新たな世界が形作られても、大きく減る事のなかった混沌の領域が、その時不自然に減ったように見えた。しかしそれも瞬《まばた》き一つの間に元通りになった為、見間違えただけかとも思ったが……」

「君が原初の混沌を見ている時間が増えたと、以前、竜界を訪れた時に耳にした。見間違いとは断じずに、監視し続けていたわけか」

「だが気付くのが遅すぎた。奴はこれまでの間に相当量の原初の混沌を侵食し、同化し、取り込んでいる。同化した部分を擬態《ぎたい》し、私の眼をも欺《あざむ》いていた。六柱の邪神達が自らの滅びを我々や神々からも欺瞞《ぎまん》したように、力を蓄える方法もまた完全に隠蔽《いんぺい》してのけたのだ。始祖竜の眼から生まれた者としては、ただただ恥じ入るばかりだ。終焉竜は六柱の邪神、君の力、そして大量の原初の混沌の集合体だ。だが、それでもアレの強さには理解の及ばぬ点がある」

つまるところ、ヨルムンガンドにも終焉竜の〝不可解な強さ〟の理由が完全には分からないという事だ。

両者はただ、アレが始原の七竜達からしても格上だと改めて確認し合っただけだった。このような状況でなかったなら、始原の七竜の二柱が、自分達よりも格上だと認めた事実だけで世の神々が絶望する事実である。

「ふむ……全てを解明出来なくとも、強さの理由が分かれば多少の手立てはある。奴の力の一端が私から奪った力であるのなら――」

ドランが、悠然《ゆうぜん》と構えてこちらの動きを待っているような終焉竜へ右腕を向けると、直後、彼の指先から肘に至るまでがあっという間に灰色に染まった。

ドランは予《あらかじ》めそうなると分かっていた様子で、すぐさま変色した右肘から先を左手で引きちぎって放り捨て、自身のブレスで跡形もなく消し飛ばす。この時には既に、ちぎった左手の再生を終えている。

六つの眼でドランの動きを注視していたヨルムンガンドが、腕の変色の理由について確認する。

「終焉竜の中の君の力に干渉しようとしたのだな？」

既に腕の再生を終えたドランは、忌《い》まわしげな顔で兄弟に頷《うなず》き返す。

「ああ。以前、バストレルという輩と戦った時には、あちらの持つ私の力を奪う形で利用したが、今はそうはいかなかった。バストレルとアレを同格とは口が裂けても言えんが、私とアレもまた同格ではないわな」

「見た限り、逆に力を奪われたわけではなく、繋がった経路を経由して破壊の力を流し返されたようだ。腕一つを引き換えと考えるなら、充分な情報だったか？」

「終焉竜はこれ以上私の力を手に入れる必要性を感じていないのだろう。私達が奴を滅ぼすつもりでいるように、奴も私達を完全に滅ぼすつもりでいる」

「それは見るまでもなく分かる。原初の混沌については手を打った。残る問題は私達が勝つか、終焉竜が勝つかだ」

「あらゆる意味で私達が勝つ他ない戦いさ」

ヨルムンガンドの言う〝手〟については、すぐに知れた。

始原の七竜と終焉竜という既知世界最強の存在同士による激戦が行われている戦場に、竜界に住まう竜種達、さらには天界と魔界の区別なく、あらゆる神々が次々と姿を見せはじめたのである。

三つの神器で身を固めて完全武装した姿の混沌の大神ケイオス。

愛馬に跨《また》がり、身の丈を越える長槍を手に、黄金の髪を獅子《しし》の鬣《たてがみ》の如くなびかせる戦神アルデス。

牝鹿《めじか》に腰かけ、愛用の弓に油断なく矢を番《つが》えて終焉竜を睨《にら》むのは、アルデスの妹でもある戦女神アミアス。

宝石と貴金属で飾られた額冠《がっかん》や指輪など、普段は身につけない神器を纏う大地母神マイラール。

見慣れた褐色金髪の踊り子の姿ながら、その周囲に目玉や牙の生えた闇を広げる女神カラヴィス。

他にも、時の女神クロノメイズや欲望の女神ゼノビア、魔導神オルディンといったドランの知己《ちき》も参戦していた。

それこそ過去に勃発《ぼっぱつ》したいくつもの神々の大戦の規模を上回る、荘厳《そうごん》にして威風堂々《いふうどうどう》たる神々の大軍勢がこの場に集結している。

さらに、これまで決して神々の戦いに手出しをしなかった者や竜界を離れなかった者も含んだ竜界のほぼ全戦力が参陣しており、まさに史上初の光景が実現していた。

彼らはドラン達と終焉竜を遠巻きに囲み、油断なく身構える。

ドランはその中にマイラールやアルデス、カラヴィスといった普段から自分と関係の深い神々だけでなく、混沌の大神ケイオスの姿を認め、ヨルムンガンドの狙いを理解した。

終焉竜は戦闘開始時から、もはや隠蔽の必要はないと自分が同化した原初の混沌を引き寄せて吸収し、その力を高めている。

ここからさらに、残る手つかずの原初の混沌を取り込んで力を高める事も可能なはずだが、それがケイオスの出現と同時に阻《はば》まれていた。

呼吸をするように吸収していた原初の混沌は、今は別の誰かの支配下に置かれ、これ以上吸収出来なくなっていたのだ。

突然、終焉竜が周囲に向けて軽く力を放出した。

無色の衝撃波となって走った力は、ドラン達ばかりでなく神々や竜種達にも容易に防げるものだったが、終焉竜の目的は敵の一掃《いっそう》ではなかった。

衝撃波はある一定の距離まで進んだところで、壁にぶつかったように砕け散り、隠されていたモノの全貌《ぜんぼう》を露わにする。

それは七竜と終焉竜が戦闘していた一帯を中心として囲い込む、うっすらと発光する球形の結界と、さらにその球形の結界を囲い込むキューブ状の結界だ。

これらは内部の存在を閉じ込める事に特化した二重の隔離結界であり、終焉竜と始原の七竜が戦闘に突入した直後から神々と竜種が密かに張り巡らせた代物《しろもの》である。

七竜と終焉竜の周りに球形の結界が展開され、その結界を取り囲む神々と竜種達のさらに外側を、キューブ状の結界が囲い込んでいる。

球形の結界はドラン達の戦闘の余波が漏れるのを防ぐのが主目的で、キューブ状の結界の方が吸収阻害と逃走防止を主目的としているのだろう。

「我とドラゴンが戦闘を開始してからの短時間では、いくら神々と竜種が手を結んだとて間に合わない代物であると認めよう。以前からこのような事態を想定していたか？　始祖竜の頭であった者よ」

既に終焉竜の混沌食いによる強化を阻害出来ている以上、時間稼ぎはドラン達の利益となる。

バハムートはそう判断し、終焉竜の問いかけに応じた。

「これまで我ら始原の七竜の力が及ばぬ敵は居なかった。だが、これからもそうとは限らん。ならば我ら竜種の力のみに頼らず、備えをしておくのは当然の話。事実、こうして役に立った」

「なんの対策も打てぬほど無能ではないか。しかし我が名の如くもたらす終焉は阻めぬぞ。神々よ、竜種よ」

終焉竜の五つの瞳が周囲の神々や竜種へ向けられるのを見てから、ドランはヨルムンガンドとの会話を続ける。

「ケイオスは原初の混沌から生まれた神々の中でも極めて混沌に対する親和性と影響力が強い。無論、始祖竜から生まれた私達よりも。そのケイオスを、他の神々と我らの同胞達が援護し、終焉竜のこれ以上の強化と進化を阻んだのだな？」

「そうだ。終焉竜に同化された混沌の隠蔽が解かれれば、我が眼で捉えられる。同化されざる混沌をケイオスの支配下に置き、吸収を妨《さまた》げる程度の事は叶った。だが、他の同胞や神々が手出し出来るのはそこまでだ。終焉竜には我らが直接当たらなければ戦闘すら成り立たん」

ヨルムンガンドの言葉は揺るぎのない事実である。

そもそも始原の七竜は一柱だけでも、全ての神々を敵に回して勝利する圧倒的強者だ。

その七竜が総がかりでこうも苦戦を強《し》いられる終焉竜を相手に、神々と七竜に遠く及ばぬ竜種達に何が出来よう。

およそ直接的な戦闘においては、近づくだけでも足手まといとなるだけだ。

間接的な支援として強化の加護や祝福を七竜に、また弱体化の呪いや祟《たた》りを終焉竜に与えたとしても、根本的な力が違いすぎてなんの役にも立たない。

太陽の輝きに蝋燭の灯りを足したところで、一体どれだけ変わるというのだ。なんの足しにもなりはしない。

混沌を司る大神のケイオスの特異性がたまたま終焉竜と相性が良かったからこそ、これ以上の原初の混沌の吸収を防げただけの事である。それはドランを含めた七竜達も理解していた。

そして終焉竜にとっては、ケイオスによる妨害も想定の内だったのだろう。何故なら、彼——あるいは彼女は、全ては遅きに失したと、こちらに来る前に高らかに宣言していたではないか。

全ての神々と高位の竜種達が見守る中で、終焉竜は真なる強者の如き威風を湛《たた》えて、七竜達の闘志を正面から受け止めている。

ドランは脳裏に、こちらに移動させられる寸前に見たセリナの動揺した表情を思い出していた。

「すぐに戻ると言ったが、約束を守るのはとても難しいようだな。だからといって、反故《ほご》にするつもりは毛頭ないが‼」

七枚の翼を広げ、全身から虹色の魔力光を迸《ほとばし》らせるドランに続き、他の七竜達もこの戦闘で全ての力を出し尽くす覚悟で戦意と魔力を高め、終焉竜へと挑む。

「来るがいい、始祖竜の残滓達《ざんしたち》。始祖たる竜を終焉たる竜が終わらせよう。〝他者との繋がりを求めた始祖竜の意志〟が汝らならば、〝終焉をもって孤独を終わらせようとした始祖竜の意志〟が終焉竜！　我ら、分かたれたる始祖竜の意志に真の決着を！」

自らもまた始祖竜の残滓だと告げた終焉竜は、まずは同じ始祖竜の残滓たるドラン達の抹殺《まっさつ》を最優先とした。周囲を取り巻く神々と竜種達は、自ら手を下すまでもない雑魚《ざこ》だと吐き捨てる。

「神々よ、我にも七竜にも遠く及ばぬ竜達よ。お前達如きは我が直接手を下すまでもない。疾く滅びゆけ」

終焉竜の発した言葉と、ずわりと不快に変わった雰囲気に、ドランは神経がささくれ立つのを感じた。

直後に、始原の七竜の後方――やや竜種の包囲網に近い位置に、無数のナニカが突如として生じる。

二重の結界で隔離される前、周囲の飛散していた終焉竜の力の残滓から、この場限りの新たな存在が誕生しようとしている。そして、それは当然終焉竜の側に立つ厄介な存在であるに違いない。

「この期《ご》に及んで雑兵《ぞうひょう》なんぞ！」

ドランが忌々《いまいま》しげに吐き捨てるが、結界の外に干渉するだけの余裕は彼を含め始原の七竜にはなかった。注意をこれ以上外に向ければ、即座に終焉竜の一撃が飛んできて、五体の一部が吹き飛ぶだけで済めばいい方だろう。

「お前達には通じずとも、その他の者共には充分であろうよ。我が手によらず終われる幸福を享受せよ」

加勢に来た神々と竜種達よりもなお多く出現したのは、歪《いびつ》な竜の頭部を生やした灰色の化け物達だった。硬質の皮膚《ひふ》を持ち、細長い胴体から複数の手足や翼を生やしたその姿からは、竜としての威厳《いげん》も力強さも感じられない。

終焉竜が目障《めざわ》りな周囲の神々を葬る為だけに即興で生み出した、ある意味では哀れな偽竜である。

「偽竜。偽りの竜。全てが我の与える終焉に呑まれれば、真も偽もなくなる。偽りの竜と嘲り、侮り、呼べるうちにそう呼んでおく事だ。己らは真なる竜、真の神であると思いながらそ奴らに滅ぼされる方が、我によって一切合切《いっさいがっさい》纏めて滅ぼされるよりはまだ救いがある」

即興で生み出された偽竜《ぎりゅう》——終焉偽竜《しゅうえんぎりゅう》とでも呼ぶべき存在は、ドラン達からすれば十把一絡《じっぱひとから》げで始末出来るような相手だが、そうでない者にとっては充分な脅威《きょうい》だ。

少なくとも、数を投じれば周囲の神々と竜種らを倒せる、と終焉竜が判断する程度の力を持っているのは間違いない。

もし終焉竜の力の増大を止める封の役目をしているケイオスに何かあれば、大きな痛手になる。ただでさえ大きな隔たりのあるドラン達と終焉竜の力の差はさらに広まり、ますます勝機が失われてしまうだろう。

しかし、終焉竜からの攻撃が再開された事により、ドラン達にはこれらに対処する余裕がなかった。

「短期決戦を強いられるとはな！　悠長に戦いながら考察し、勝機を見出す暇はなくなったか……」

虹色の瞳を細めて全身にさらなる力を巡らすドランを、傍らについたバハムートが冷厳《れいげん》なる声で制止する。

終焉竜は七竜がそれぞれ単独で挑んでは敵わぬ相手というのもあるが、ドランの考えに幾許《いくばく》かの誤りがあるのを指摘する為である。

「少しは他の者に任せてみよ、ドラン。我らの同胞も神々も、お前が思うほどに軟弱ではない。自分だけで何もかもを解決しようとするのは、汝の欠点である」

ドランも自覚する欠点を告げられた直後、戦神アルデスの大笑いが戦場を震わせた。

そしてその笑い声には、終焉偽竜達のものであろう悲鳴らしきものが混じっていた。

「ぬはははは、まったく……まったくもって、バハムートの言う通りだぞ、ドラン‼」

アルデスはかつてベルン村に襲来したゴブリンを相手に無双した時のように、愛馬を駆って真っ先に終焉偽竜の群れに突っ込んでいく。

彼は自分の半身にも等しい長槍を振るい、鱗のない終焉偽竜の頭を叩き潰し、腹を貫き、あっという間に一体、二体と屠《ほふ》ってみせる。

長槍に貫かれたままの終焉偽竜が苦痛も恐怖も見せず、アルデスの首を引きちぎろうと複数の腕を伸ばしてくるのを、アルデスは左手で纏めて握《にぎ》り締《し》めると、一息に引き抜く。さらに終焉偽竜の頭部にアルデスの鉄拳が叩き込まれて、頭から胴体までが無数の肉片に爆散してようやく終焉偽竜は動きを止め、そのまま灰色の粒子へと崩壊していく。活動を停止すれば、骸《むくろ》も残らないのだ。

「とはいえ、これはやはり手強《てごわ》いな。うむ、しぶとい！　俺やアミアスはともかく、勝負が成り立つ者はあまり多くないか！　うむ、情けなし！」

愛馬の鞍上《あんじょう》で槍を一振りし、アルデスは群がりくる終焉偽竜を見やる。

「殺意無し！　敵意無し！　闘志無し！　魂無し！　うむ、ちと槍の振るい甲斐《がい》に欠ける相手だが、それもよし！　アミアス！」

「お任せあれ、兄上！」

そう応えたアミアスは、愛騎たる牝鹿の鞍上から流星群のような密度と凄《すさ》まじい速さで矢を放つ。

これを避けきれなかった終焉偽竜の額《ひたい》や喉に次々と矢が突き刺さり、絶命しきらぬ終焉偽竜達が感覚器官を潰され、体勢を崩してその場でのたうち回る。

これを機と見るや、アルデスの眷属《けんぞく》や他の戦神や武神、さらにオルディンを筆頭とする魔導の神々、そして神竜や龍神達も一切の手加減と容赦のない攻撃を開始した。

終焉偽竜の群れと戦端を開く者達の中には、アルデスやケイオスらとは本来相容《あいい》れぬ大魔界の邪神達も無数に含まれていた。

彼らは古神竜ドラゴンですら勝利出来ない前代未聞の存在を相手に、天地驚愕《てんちきょうがく》の同盟を一時的に結び、共に終焉竜の生み出した即席の破滅へと立ち向かう道を選んだのだ。

そして邪神側に属するが他の邪神達から蛇蝎《だかつ》の如く嫌われているカラヴィスも、今回ばかりは真《ま》面目《じめ》に気合を入れている様子。

悪意だけを結晶化させて彫り上げたような笑みを口元に浮かべながら、艶《つや》やかな五体に絡みつく、牙や目の生えた闇を一挙に広げている。

カラヴィスの体から醜悪《しゅうあく》な闇が溢れ出て、津波の如く襲い掛かる。片《かた》っ端《ぱし》から終焉偽竜に絡みついては口の中から体内に入り込み、またあるいは一斉に牙を突き立てて肉を貪りはじめる。

ボリボリボリ、グチャグチャグチャと肉や骨を咀嚼《そしゃく》する無数の音が重なる中で、カラヴィスの憤《ふん》怒《ぬ》も憎悪も悔恨《かいこん》も止まらない。

「いやあ、まったく、ここまで、ここまでこの僕を虚仮にする奴が存在するとはねえ。ドラちゃん抹殺の片棒を担《かつ》いだ僕が言えた義理じゃないけど――」

一方の終焉偽竜達もただ食われるだけでは終わらない。

大小の牙を不規則に生《は》やしている口を開き、その喉奥から灰色のブレスや火球を撃ち出して、破壊と忘却の性質を持つ闇を千々《ちぢ》と砕く。

カラヴィス自身にも灰色の炎や光が襲い掛かり、人間の女性を模した肉体は原形を留めないほどに破壊された。

だが彼女は襲い来る激痛や悪寒《おかん》などおくびにも出さずに、心中に絶えず湧き出る黒々とした感情を言葉にして吐き出し続ける。

「君達が僕の目を欺いてくれたお蔭《かげ》で……僕はドラちゃんに偽りの情報を伝えて、この事態を未然に防ぐ機会を潰す羽目になったわけ。これはもう頭に来るね！　むかっ腹が立つ！　分かるかな？　分からないだろうな！　昔の僕にも今の僕の気持ちは分からないだろう！　ああ、終焉竜！　終焉竜と名乗る敗残者共の寄せ集めが！　その忌々しい姿も名前も、この世のありとあらゆる場所から、記録から、記憶から！　消し去ってもまだ足りない‼」

終焉偽竜からの反撃で左半分の肉体を破壊されたカラヴィスが、感情を爆発させると、傷口から極彩色《ごくさいしき》の液体が噴出した。そこから次々と腕が生え、脚が生え、目が開き、口が開き、手当たり次第に呪詛《じゅそ》を撒き散らす。

先んじて終焉偽竜の群れに吶喊していたアルデスさえ、思わずぎょっとする狂奔《きょうほん》ぶりだ。これでは敵味方の区別がついているかさえ怪しい。

それを見ていたアルデスはすぐに決断した。

「よし、皆の者、構わん。やるならカラヴィスごとあの竜種モドキを叩き潰せ！　カラヴィスの事だ。どうせ滅びやせん。どれだけ巻き添えにしたとしても、問題はあるまい。それに、誰の心も痛まないだろう。いや、ドランだけは気にするかな？　ま、カラヴィス、ドラン、双方許せよ。非常事態だからな！　ぬはははははは！」

カラヴィスが誰も彼もから心底嫌われ、忌避《きひ》されているが故の即決即断であり、周囲の者達も躊《ちゅう》躇《ちょ》なくこの言葉に従った。

アルデスの口にした通り、今は神々や竜種の領域を含めた世界存亡の非常事態であり、実際、この場にはカラヴィスに攻撃を加えるのに心を痛める神も竜も居なかったからである。

無際限に広がり続けて、どちらが世界に終焉をもたらそうとしているのか分からないカラヴィスと終焉偽竜に対し、双方を巻き込む攻撃が繰り出された。ひょっとしたらこの際、カラヴィスも滅んでしまえ、と思っている者が多かれ少なかれいたかもしれない。

一時的に同じ陣営になった神や竜からの攻撃を受けるカラヴィスだったが、今の彼女にとっては些事《さじ》。平時ならば——飽きるまでは——骨身に刻んで恨みを忘れないが、今だけは何よりも終焉竜という標的に全神経が向けられている。

アルデスがそこまで把握していたかは不明だが、彼の判断はこの場において最良のものだったと言えるだろう。

「神々にばかり戦いを任せるな！　バハムート様をはじめ七竜の方々が戦っておられる。同じ竜たる我らが率先して戦わずしてなんとする！」

紫の鱗と五枚の翼を持つ神竜が吠《ほ》え、それに呼応して全ての竜達が咆哮《ほうこう》を上げる。

ドランら古神竜には及ばずとも、神竜・龍神ともなれば大神にも匹敵する高位の存在だ。それより格で劣る真竜・真龍は支援に残し、無数の竜達が神々の戦列に加わる。

彼らは、自分達を侮辱《ぶじょく》する為に存在しているとしか思えない終焉偽竜へ、殺意を剥き出しにして襲い掛かった。

偽竜という存在は竜種にとっては、何よりも嫌悪が先に立つ紛《まが》い物《もの》だ。

ましてそれを、竜種の原点である始祖竜から派生したなどと嘯《うそぶ》く終焉竜が生み出し、けしかけてくるとなれば、彼らの殺意と怒りは天井知らずに膨《ふく》れ上《あ》がる。

乱戦の最中、一体の終焉偽竜にその他の個体が次々と群がり、見る見るうちに巨大で醜悪な姿へと変わりはじめた。

頭部の目があるべき場所には大小無数の牙を生やした大きな口が開き、何本かある腕の掌に灰色の瞳が開いていた。

醜《みにく》い集合体である巨大終焉偽竜は、神々よりも竜種達を優先して滅ぼすべき敵と認識したらしい。耳にした者の心を蝕む咆哮を響かせながら飛翔し、三つの口から白でも黒でもない灰色のブレスを放つ。

色とりどりの鱗を持つ竜種達は、一斉に散開してそれを回避する。

回避した先にも他の終焉偽竜が放ったブレスや光球、あるいは体当たりが撃ち込まれるが、竜種達に怯《ひる》む様子はない。

逆に、敵に倍する勢いでブレスや竜語魔法を行使して反撃を開始する。

普段は竜界で悠々自適《ゆうゆうじてき》に暮らしている高位の竜種達も、宿敵中の宿敵と呼ぶべき終焉偽竜を前にしては、普段の温厚さは欠片もなくなる。最強種と呼ばれるに相応しい戦闘能力を遺憾《いかん》なく発揮していた。

「グウォオオオオ‼」

「キィイアー！」

滅多に聞かれない竜種の戦いの叫びが何重にも重なり、何色もの炎や雷、竜巻が巻き起こり、終焉偽竜との間に無数の爆発と光と闇の乱舞が発生する。

竜種達の中には竜語魔法で防御しつつ、自ら撃ち合いの真っただ中に突っ込み、終焉偽竜に直接牙を突き立て、爪で引き裂こうとする者達も少なくない。

強すぎるあまりに闘争から遠くかけ離れ、長らく平穏の時を過ごした竜種達だが、今、勇ましく闘志を纏って戦う彼らの姿から、平穏による緩みや平和ボケした様子は感じられない。

加速した神竜達が巨大終焉偽竜の灰色の皮膚に爪を立て、何本もの斬り傷を与えたものの、凶悪な毒性を有する灰色の血液が滝のように噴出し、回避を余儀《よぎ》なくされる。

鬱陶《うっとう》しい羽虫が離れたのを確認した巨大終焉偽竜が、全方位へブレスを放とうとして全身に新しい口を無数に開く。

しかし複数の龍神達はこの瞬間を見逃さなかった。

自身を一部に組み込んだ竜語の魔法陣によって生成した破壊エネルギーの奔流。

時空や概念すら巻き込んで万物を粉砕する渦潮《うずしお》。

あらゆる物理的、概念的、因果的、法則的破滅を練り込まれた光線。

ドラン達と終焉竜に比べればはるかに規模もエネルギーも劣るとはいえ、それでも宇宙を無限に等しい回数滅ぼし、また創造しうるだけの力が絶え間なく放たれる。

終焉偽竜もやられてばかりではない。即席で作られた使い捨ての捨て駒《こま》といえども、生み出したのは始原の七竜を超える終焉竜だ。単体の強さは並みの武神や真竜・真龍を上回る。

防御障壁を貫かれた龍神が細長い胴体に大穴を開け、破壊神の一柱は腕の一振りで喉を抉られ、体に巻き付かれた多頭の神竜が骨と内臓を潰された。

戦端が開かれて僅かの間におびただしい血が流れ、尋常《じんじょう》ではない痛みに苦しむ神と竜達の声が無数に響き渡る。

無論、その中には、討ち取られて潰れた声を出す終焉偽竜も数えきれないほど含まれていた。

この世界が始まって以来の善悪を問わぬ神々と高位の竜種が勢揃いしての戦いは、ますますもって激しさを増していく。

前線から離れた後方で、完全武装のケイオスとマイラールは、姿を現した時から一歩も動かずに戦況を見ていた。

周囲にはそれぞれの眷属である多数の神々が控《ひか》え、主神が行なっている秘儀の支援に徹している。

マイラールとケイオスが普段は用いない神器を纏っているのは、終焉竜と直接戦うだけが目的ではなかった。

終焉竜と戦闘の成り立つ始原の七竜達に勝《か》ち筋《すじ》を与える為、二柱の神は終焉偽竜との戦いには加わらずにいるのだ。

「ケイオス、原初の混沌との接続はどうですか？」

「予定通りといったところだが、ドラン達の戦いがここまで苦しいものになったのは、予想外だ」

眉をひそめるケイオスに、憂《うれ》いを帯びた表情のマイラールが同意を示す。

「ただ古神竜の力の一部を奪っただけの、かつての邪神達の集合体であったなら、ここまでドラン達が苦戦する事もなかったでしょうに……。私達の目が節穴《ふしあな》だったと言わざるを得ませんね」

「だが、まだ取り返しはつく。そうでなければ我らばかりか我らの信徒も、そうでない者達も、ありとあらゆる生者、そして死者達の世界である冥界《めいかい》でさえも滅ぶ。そうするだけの力がアレにはある」

「間に合わせるしかありませんね」

「それしかない。終焉を免《まぬが》れるには」

至上の存在同士の激突に視線を戻した二柱の神の瞳に飛び込んできたのは、終焉竜の一撃で右半身を吹き飛ばされたドランと、腰から下が引き裂かれたアレキサンダーの姿。

明らかに致命傷に見えるが、それもすぐさま再生が始まり、両者の傷は見る間に埋まっていく。

さらなる終焉竜の追撃さえなければ二柱はすぐに戦線に復帰出来るだろう。

当然それを妨げようと動く終焉竜に対して、残る五柱が全力で攻撃を加える。

バハムートの放つ黒炎にヴリトラの起こす翠《みどり》の突風が加わり、黒い炎の竜巻が生じる。相乗効果によって内包するエネルギー量が何倍にも膨らんだ竜巻が、七竜を上回る終焉竜の巨体を呑み込んだ。

この時点でドランとアレキサンダーの肉体は再生を終えていた。

万が一の場合、二柱の盾となるべく傍《そば》に控えていたリヴァイアサンが、無傷の姿を取り戻した弟妹達に問いかける。

「今のところ再生に掛かる時間も消費する力も変わりはないようじゃな」

「〝今のところ〟に限った話だ。だが私達と違って、終焉竜は一切傷を負わないまま戦い続けている。このままでは私達の消耗が進み、均衡《きんこう》が崩れるのは目に見えているな。ジリ貧という言葉は知っていたが、こと戦いにおいて、私達がそれを味わう日が来ようとは……」

ドランが終焉竜に天秤《てんびん》が傾《かたむ》きつつある現状を淡々と口にした。

アレキサンダーは怒りのあまり牙を軋《きし》らせる。

終焉竜がかつてない強敵であるのは理解していたが、よもやここまでの力の差が存在するなど、彼女の想像を超えた事態だった。

ドランが終焉竜の一撃を受けて傷を負った最初の場面を目にした時も、アレキサンダーはすぐに現実を理解出来なかったほどだ。

油断を誘う為の演技ではなく、本当に全力を出してなおドランが圧倒されていると理解した瞬間、彼女は我を忘れて終焉竜に襲い掛かっていた。

そうして一切の容赦を捨てて挑みかかった挙句《あげく》にこの様《ざま》である。

これまで真に敵わない相手などいなかったアレキサンダーにとって未知の体験であり、この上ない恥辱《ちじょく》に他ならない。

憤怒のあまり鱗の色が赤く染まりそうな彼女の傍らで、ドランはバハムートとヴリトラの巻き起こした炎の竜巻の中から焦《こ》げ跡《あと》一つなく姿を現す終焉竜に、やれやれと言わんばかりに溜息を吐いた。

「負けるつもりはないが、これは本当に手強い相手だな。……ふむ」

それは、ドランが戦場で初めて零した弱音《よわね》と言えたかもしれない。

†

「一手、いや二手、足りないな」

死者の世界にあって清浄なる天上楽土の如き場所――エリュシオンの一画で、冥界の管理者ハーデスは、友たるドラン達の戦闘を見ながら呟《つぶや》いた。

私情を交えぬその評価は、ドラン達が勝利を得るのがいかに困難であるかを、正確に評していた。

ハーデスは深い紫色のマントの下に黒曜石《こくようせき》を思わせる輝きを持つ鎧を身につけ、神々の目さえも欺く姿隠しの兜《かぶと》を被っている。鞘《さや》に収まったままその手に握られた長剣は、鎧同様に深い闇と星の光を同時に閉じ込めたように黒く輝いていた。

アルデスを筆頭とする戦神や武神を含む神々の中で一、二を争う剣士――それが冥界の管理者であるハーデスのもう一つの顔だ。

冥界の管理者となってから滅多に使う事のなくなった愛用の神器を手にしたハーデスからは、大神の一角に相応しい威厳が満ち溢れている。凡百《ぼんぴゃく》の神ではその威光の前に存在を保つ事さえ出来まい。

戦闘に臨む装《よそお》いのハーデスの周囲には、死の女神タナトス、眠りの神ヒュプノスを筆頭とする眷属らが、微動だにせず控えている。

タナトスは巨大な鎌を手に、ヒュプノスは無手《むて》だが、ハーデス同様に黒曜石によく似た金属製の鎧を纏っており、彼女らもまた戦いに相応しい出で立ちだ。

さらに双子の神の背後に、黒紫色の冥界の鉱物で作られた鎧兜で武装した神々が石像のように無言で勢揃いし、いつでも主君の命令に準じて生命を捧《ささ》げる準備が出来ていた。

さらにこの場には、ハーデス、無間《むげん》と並ぶ冥界の三貴神の人柱である閻魔《えんま》と、彼に率いられる地獄の獄卒たる鬼達もまた、地獄中から集まっていた。

冥界の裁きの頂点に立つ閻魔は、平時と変わらぬ紫の道服に豪奢《ごうしゃ》な装飾の冠、赤黒い肌に顔の下半分を覆《おお》う立派な黒髭《くろひげ》といった装いだ。

彼の配下の大きな体躯の鬼達は、手に金棒や刀剣、弓矢の類を手に持ち、地獄の罪人達を責め苛むのではなく、戦う為の用意を万端に整えていた。

でっぷりと腹の出ている者もいれば、鋼《はがね》のように鍛え抜かれた肉体の者もいる。

鎧具足で身を固めている者、虎の毛皮の腰巻一枚と武器だけを手にしている者。

赤や青、黒と様々な肌の色の者、さらには頭部が角の生えた牛や馬、犬や猫、蛇に亀といった動物の特徴を持つ者など、多種多様な顔ぶれである。

老いも若きも、男も女も問わず、いずれも戦える鬼達ばかりだ。

しかも、冥界の大神が率いる大軍勢はこれだけでは終わらなかった。

本来ならば地獄の責めを受けているはずの亡者達《もうじゃたち》も、首や手に枷《かせ》をつけられた状態でエリュシオンの果てに至るまで埋め尽くすほどの数が連れ出され、頭を伏せている。

二度と冥界から連れ出される事のない大罪人である古の神々や神造魔獣達《しんぞうまじゅうたち》だが、この度の終焉竜との戦いにおいて少しでも役に立つ力があると評価された者達である。

今回の非常事態に際して、特例中の特例として冥界の獄から連れ出され、それぞれの意思を無視して強制的に戦場に投入される予定だ。

彼らの中にはドランによって魂こそ滅ぼされなかったが、生命を絶たれて冥界に囚われた者も少なくない。

そんな者達にとっては、ドランを助けに行くのが目的の一つである今回の参戦には忸怩《じくじ》たるものがあるだろう。しかし、死者の世界であるこの冥界すら滅亡の危機にあるとなれば、そのような心情は無視されても仕方がない。

他にも冥界に籍《せき》を置く多数の神々が、戦闘態勢で整然と並んでいる。

冥界の開闢《かいびゃく》以来、これまでに至る死者を含む事で、冥界軍の総数は途方《とほう》もないものとなっていた。

神々の魂も裁く冥界さえ滅ぼさんとする脅威を前に、この死者の世界を治める偉大なる者達も戦場に参戦すべく、大急ぎで戦支度《いくさじたく》を整えたのである。

この場にいないのは、冥界の維持を任せる三貴神の一柱・無間と、冥界の維持に最低限必要な人員、戦いには連れていけないか弱き罪人、連れていくわけにはいかない輪廻《りんね》を待つ魂達のみ。

終焉竜との戦端が開かれてからの短時間でここまでの用意を整えてみせたのは、称賛に値《あたい》する早業《はやわざ》だろう。

そうして、いざ参戦という時に、先程ハーデスが口にした言葉を、閻魔が拾い上げて問いかけた。

「なるほど……終焉竜と相討ちに持ち込むのに一手、終焉竜を倒し生き残るのには二手が必要と見

た《ま》瞼《ぶた》を閉じて、頷き返した。

普段と変わらぬ装いの閻魔に、ハーデスは長い睫毛《まつげ》に縁どられた瞼《まぶた》を閉じて、頷き返した。

「我らの参戦では〝一手〟にもならぬさ。冥界の参戦は終焉竜の予想の内にすぎないと、閻魔も理解しているだろう。終焉竜とやらが想定していない駒がなければ、一手を打つ事も叶わないというのが私の見立てだ」

「想定していない駒か。わしらが地獄の亡者共を戦場に連れ出すのも、終焉竜とやらは想定していると見るべきであるな」

「こちらに都合よく見落としているとは考え難い。最悪の想定の斜め上を行かれる程度の覚悟は固めておいた方が良い。そういう相手だ」

「確かに……存在そのものが最悪の想定を超えているな。ドランから奪った古神竜の力を持ち、原初の混沌を大量に食らって力をつけたばかりか、始祖竜の意志さえも引き継いでいるという。それが全て真実であるのならば、この世の開闢以来の脅威と評してなんら不足はない」

およそ自分達の力が及ばない事態であるのを認めて淡々と言葉を交わす二柱の神だが、そこに絶望や諦観《ていかん》はない。

そんなものを抱いたところでなんの役にも立たないのは明らかであるし、まだ彼らには打てる手が残されている。

いよいよ参戦する前に、ハーデスは最後の一手を打つべく、マントの裾《すそ》を翻《ひるがえ》して閻魔に背を向けた。

「アレが素直《すなお》にこちらの言う事を聞くと思うか、ハーデスよ？」

含みのある閻魔の質問に、ハーデスが束《つか》の間《ま》足を止める。

「言い方次第だろう。以前、ドランと言葉を交わしたのが良い方に影響をもたらしている。〝世界の為〟では戦わなくとも、〝ドランの為〟と言えば了承するはずだ」

「ドランの為……か。確かに、今のアレならば二つ返事で頷きそうだ。ドランの徳と言うべきか？」

「ドランを父と仰《あお》ぐあのレニーアという神造魔獣しかり、我らの友たる古神竜は、奇妙な縁のある相手には〝誑《たら》し〟になるようだ」

そしてハーデスは未だ地獄に繋がれたままの大罪人と言葉を交わす為に、この場を後にした。

†

普段なら、地獄は浅い階層から深層に至るまで、絶え間なく責めを受ける亡者達の悲鳴や苦痛の呻き声で満ち溢れている。

ところが今、それらの苦悶《くもん》の声は極めて小さく、普段の様子を知る者からすれば異様としか言いようのない静けさに包まれていた。冥界がハーデスや閻魔らによって創造されて以来、初めての事態である。

言い換えれば、そうなるのも当然なほど、終焉竜という存在は規格外の脅威だった。

ハーデスが訪れたのは、地獄の中の最下層。

ここに落とされた者で罪を許された例は一度としてない。

初めて最下層に落とされた亡者は、いつここから出られるかも分からずに、延々と責めを受け続けていた。ただし、この非常事態に際して戦力になり得ると判断された者だけは、一旦責めを免れて、駆り出されている。

地獄で責めを受けるのと終焉竜達との戦場と、どちらがマシかは、参戦する亡者次第だろう。

ハーデスはかつてドランも通った道を行き、ソレの前で足を止めた。

闇の向こうから伸びる鎖で四肢を縛られ、吊り上げられているその者は、美麗《びれい》にして荘厳なる鎧姿のハーデスに、柔らかく微笑した。

地上において再現不能、奇跡そのものの具現と言っても過言ではない美しさを誇るクリスティーナとドラミナさえも上回る美貌《びぼう》。男でもなく女でもなく、超人種《ちょうじんしゅ》として最上位の肉体と魂を兼ね備えた、大魔導《だいまどう》バストレルである。

ハーデスと閻魔が言及し、この危急の事態においてハーデスが時を惜しみながらも足を運んだ目

的の相手だった。

「これはこれは、冥界の頂点に立つ貴き三柱の神、その内のお一方がわざわざ足を運んでくださるとは。自分が大物なのだと錯覚してしまいそうです」

地獄最下層の住人たるバストレルに加えられる責めは、あらゆる神話体系で語られる地獄の罰全てを掛け合わせてもなお足りぬほどに苛烈《かれつ》だ。

終焉竜が出現するまでその責めを受けていたにもかかわらず、バストレルの魂は平静を取り戻しており、ハーデスを前に弱った素振りを隠し通している。

冥界の管理者たるハーデスは、バストレルが平静を装うその下で思考を働かせるのさえ苦痛なほど疲弊《ひへい》している事を察したが、あえてそれを指摘しなかった。

余計な時間をかけるつもりなど、今の彼にはない。

「……言葉の割には驚いた様子がない。私が足を運ぶと分かっていた態度だな、バストレルよ」

「いえいえ、冥界の管理者である貴方には言うまでもありませんが、この牢獄《ろうごく》に繋がれている間、私は五感の全てに制限が掛けられています。他の亡者達の悲鳴や恐怖、後悔の叫び声さえ届かず、また、あらゆる光、あるいは責めで流れた血を、この瞳に映す事もありません。焼けた鉄板の上で焼けた鉄の縄に打たれて焦げる肉の臭い、魂の底まで侵し尽くす毒に悶《もだ》え苦しむくぐもった声。この地獄の最下層に蔓延《まんえん》しているはずのそれらは、一度たりとて、この私には届きませんでした。その中にあって、どうして私が外の様子を窺《うかが》い知《し》れましょうや。それこそ至高の座にある古神竜でもなければ、叶わぬ御業でありましょう」

隙あればドランを称賛するようになったな、こいつ――と、ハーデスはついそう思わずにはいられなかった。

去年、ドランを呼びつけて面会させて以降、バストレルの態度は激変していた。

獄卒からの呵責《かしゃく》を粛々《しゅくしゅく》と受け入れ、ドランに対しても、まるでレニーアと同じような崇敬《すうけい》の念を抱いている様子。

ドランは一体何を話したのだと、閻魔と無間共々、ハーデスは首を捻ったものである。

ただ、この状況においてはその方が都合は良い。

あの時、わざわざドランを冥界に呼び寄せた行為が、思わぬ結果に繋がったと言える。

「この装いの通り、これより私を含め、冥界のほぼ全戦力を投じた戦いに赴《おもむ》かねばならん。亡者を責め立てる獄卒達はもちろん、冥界の守護者達もまた戦いに備えている。お前は聞こえず見えないと口にしたが、冥界の静寂《せいじゃく》と緊張を感じ取っていよう。お前とドランの間にある繋がりは既に断たれたが、それまでに進化し続けたお前の霊格はそのままだ。お前の霊格は今や龍神や神竜を超える域にある。ドランとレニーアが力を揮《ふる》うのに比例して、お前の力も高まるという特異性が理由とはいえ、驚異的と評してもよいだろう。それとも、そこまでお前の力を高めたドランこそが本当の規格外なのだと言うべきかな」

ハーデスの言葉を、バストレルは微笑を浮かべたまま聞いていた。

かつてバストレルは、魔導結社の総帥《そうすい》としてドランと戦った経験がある。その時、それまで高めていた力を全てドランに奪われて、たちまち弱体化した。

だが、一度拡大した器《うつわ》は今でもそのまま残っている。

この地獄の底に落とされて以降も力は戻らずとも、今のバストレルは生前の、ドランと戦う直前の状態よりも、はるかに魂の格が高い状態にあった。

ならば、この闇の牢獄の外の異変を察知していても、おかしくはない。そのハーデスの指摘を、バストレルは否定しなかった。

「ふふ、私が今際《いまわ》の際《きわ》になって理解した古神竜の偉大さも、かの方の古き友である貴方はとっくにご存じでいらしたのですね。……それで、ハーデス神ともあろう御方がそのような鎧姿で私の前に姿をお見せになるとは、よほどの事態なようだ。冥界のほぼ全戦力が投入されるとなると、一体どれだけの神がご出陣なさるのやら。誕生以来、冥界がそこまで無防備になった事はなかったのではありませんか？」

真意は分からないが、バストレルは冥界の警備の手薄さを指摘して不敵な笑みを浮かべた。

ハーデスはやはりこやつは侮れんな、と心中で零す。ドランと因縁《いんねん》のある存在なのだから、一癖も二癖もあって当然と言えば当然なのかもしれない。

「バストレルよ、どうやら全てを把握しているわけではないようだな」

ハーデスに指摘され、バストレルは自嘲気味に口元を歪《ゆが》める。

「おや、口を滑らせてしまいましたか？　ふむ、十中八九、正鵠《せいこく》を射《え》たつもりだったのですが、それが外れとは恥ずかしい限りです」

「出陣するのは神や獄卒達眷属ばかりではない。お前と同じか、それ以上の罪を犯してこの最下層に繋がれていた亡者達を含めた上で、〝冥界のほぼ全戦力〟を投入するのだ」

「ほう……」

抑えきれない一言が、バストレルの唇《くちびる》から零れ出る。

彼にとって、冥界を管理する神々の出陣までは想像の範疇《はんちゅう》でも、自分と同じような境遇の亡者達までが駆り出されるのは予想外だったようだ。

たとえハーデスや閻魔達の監視下にあっても、地獄の外に出られたとなれば、そのまま逃げ出したりハーデス達の命を狙って暗躍《あんやく》したりする亡者は少なくないだろう。

この最下層の亡者達の中には大神、最高神に匹敵する超高位の神性や怪物達も含まれているのだから。

「……やれやれ、自分が優れているなどと思い上がると痛い目を見ると、命と引き換えに学んだつもりでしたが、まだまだ思い上がりが過ぎていたようです」

バストレルは微笑を消して、かつて魔導の真理に思いを馳《は》せていた頃のような真剣な表情でそう呟いた。

「また一つ学べて良かったではないか」

「あまり皮肉を仰《おっしゃ》らないでください。繊細《せんさい》な私には、いささか辛《つろ》うございます」

「どの口が言うか。……話を進めるぞ、大罪人バストレルよ」

「ご随意《ずいい》に。お喋《しゃべ》りをするのはドラン様がおいでくださった時以来ですから、いくらでも口を動かしたい気分です。長話は歓迎いたしますよ。もっとも、牢に繋がれた身では、お茶の一つも出せませんがね」

そう笑うバストレルの方こそ、よっぽど皮肉に塗《まみ》れている。

この図太いところはドランには似なかったな――ハーデスは内心でそう苦笑したものの、口には出さなかった。

おそらく、今のバストレルにとって〝ドランに似ていない〟という類の言葉はその機嫌を損ねると、容易に想像がついたからだ。

バストレルのご機嫌伺いなどするつもりは毛頭ないが、この後の話を円滑に進めるにあたっては、多少の妥協も必要だ。

「亡者達を戦いに駆り出さねばならぬほどの危機が、今や冥界のみならず、天界と魔界、地上世界に及んでいる」

「なるほど。死者の世界である冥界にも危機が及ぶとなれば、これは異常。天界と魔界双方にも累《るい》が及んでいるのなら、それが可能なのは竜界の方々くらいしか思いつきませんね。しかし、あの欲のない方々が自ら戦いを挑むのも妙な話です。それに、始原の七竜がその気になれば、天界、魔界、冥界の三世界の制覇《せいは》など造作《ぞうさ》もないはず」

バストレルは推理を楽しんでいるかのように、自らの考察を饒舌《じょうぜつ》に語り続ける。長話は歓迎、と口にしたのは本当らしい。

「……となると、七竜が腰を上げたわけではありますまい。七竜を阻めるのは七竜だけ。この厳然《げんぜん》たる事実を踏まえると、七竜同士で意見が分かれていると考えるのが妥当《だとう》なのですが……これもまた考えにくい。七竜同士の争いに神々の介入する余地などありませんでしょう？　ならば、冥界が戦力を投入するのは、さて、どういった理由なのでしょうか。愚《おろ》かな私には分かりかねますね」

「では、お前にまた一つ新たな事実を教えよう」

「？」

「現在、お前の敬慕《けいぼ》するドランを含めた始原の七竜と竜界の全戦力、そしてあらゆる神々が一丸となって〝ある敵〟と戦っているのだ。我ら冥界もその末席に加わるべく、用意を整えた」

ハーデスの言葉に、バストレルは心の底から絶句した。

始原の七竜、とりわけドランが誰かの助けを必要とする戦いなど想像もつかなかったし、彼の真の実力を知ってから一度も頭をよぎった事のない考えだったからだ。

ハーデスの雰囲気から、彼の言葉に嘘偽《うそいつわ》りはないと分かるが、それでも素直に受け入れられなかった。

あるいは、そうして自分を騙《だま》そうとしているのではないか、この会話もまた責めの一つではないかと、いささか見当違いな推測をしてしまうほど、バストレルは混乱した。

「……にわかには信じ難い。……ふふ、我ながら、月並みな台詞《せりふ》しか出てこないとは。いやはや……」

そのバストレルの動揺を無視して、ハーデスは言葉を続ける。

そこにつけ込んだとも言えるだろう。

「バストレル、地獄の最下層に繋がれし大いなる罪人よ。あらゆる世界を守る為に、貴様の力を使う。貴様を一時、この牢獄より解き放つ。その魂が消え去るまで戦い続けるのだ」

「ふふ、ご冗談を。この牢獄に繋がれてから鍛錬《たんれん》を怠《おこた》っていた私に、何が出来るというのでしょう。神々の横に並ぶのさえ、おこがましくはありませんか?」

ハーデスとて、世界を守るという理由ではバストレルが戦おうとしないのは百も承知である。それは先の閻魔との会話でも明らかだ。

それでもあえて口にしたのは、牽制《けんせい》としてだった。本命の一撃を届ける前に、バストレルの心に隙を作っておこうというわけだ。

「ならばお前の罪を償《つぐな》う為に戦え。このまま責めを受ける時間を永劫《えいごう》に重ね続けるよりも、ここで力を揮い、己以外の者を救って罪を償えば、罪業《ざいごう》が払われて、魂が清められる時が早まる」

「取引ですか。他の亡者達にも同様の取引を持ち掛けられたのでしょう。しかしながら、私はこの牢獄に繋がれてより、自らの罪と責めに対して誠実であろうと心がけております。その罪を少しでも早く贖《あがな》おうと貴方からの取引に応じるのは、いささか動機が不純でありましょう。不誠実であると言わざるを得ません」

「口の減らぬ奴だ」

「冥界の偉大なる神を前に、嘘偽りを申し上げるわけには参りませんので」

不遜《ふそん》とも言えるバストレルの物言いに、ハーデスは眉をひそめる。

「言葉だけを捉えれば良い心構えだが、心が伴っていないのではかえって不敬というものだ。とはいえ、そうでもなければ今までこの地獄の責めには耐えられまいな。では新たな誘い文句を口にするとしよう。こうして声を掛けた事からも分かる通り、お前は強大な力の持ち主だ。それを埋もれさせたまま地獄に繋いでおくのは、宝の持ち腐れだ。その鬱憤《うっぷん》や鬱積《うっせき》の一欠片でも、晴らしてはどうだ？」

「なるほど、〝世界を守る〟よりも心をくすぐる誘い文句です。神々が総力を結集し、始原の七竜もまた全力を揮わねばならぬほどの敵。お話を聞いた今でもまだ信じ難いそれほどの強者を相手に、持てる力の全てをぶつけて挑むというのは面白い。この暗闇の中に籠《こ》もっていた我が心に颯爽《さっそう》たる風を吹き込んでくれるでしょう」

いかにも誘いに応じそうな台詞だが、そうはならないだろうとハーデスは確信していた。

人間の領域を超越した美貌を誇るバストレルの口元には、他者を嘲笑《ちょうしょう》しているかのような微笑が貼りついていたからだ。

「しかし私の心が晴れてしまっては、罪を償っている罪人として、それこそ不適切でありましょう。ご助力の件、謹《つつし》んでお断りさせていただきます」

「……であろうな」

ハーデスは表情を変えずにそう呟いた。

「おや、私が断ると分かった上で、何度も誘われたのですか？　元々、私の力にはあまり期待されておいでではなかったのでしょうか。でしたら……ええ、いささか残念です。冥府《めいふ》の神に求められる我が力と、いくらか自信を持てましたのに」

「お前単体では、たとえ戦場に連れていっても、さしたる力にはならんよ。それほどの敵だ。しかし、お前はドランが力を揮うのに合わせて力を増す。ドランがお前との力の共有を全面的に解禁し、積極的に行えば、お前の強さはドランに近い次元にまで達するだろう。そうなれば、始原の七竜に肩を並べ、八竜と呼ぶべき領域に届く可能性がある。お前がそこまでの力を得られれば……と、仮定しての話だよ」

生前のバストレルとドランとの戦いでは、ドランがバストレルから力を奪う事で圧倒してみせた。しかし反対に、敵としてではなく味方として共闘したならば、バストレルを本当にドランと同等の強さにまで強化する事も決して不可能ではない。

その可能性は、終焉竜との戦いにおいて、極めて大きな意味を持つ。

これ以上増える事はないと誰もが考えている始原の七竜と同格の存在が増えたなら、どれだけの助けとなり、希望となるかは計り知れない。

「ははは、そういう思惑《おもわく》でいらっしゃいましたか。この私程度の存在が始原の七竜に力添え出来る可能性となればそれしかありませんが、ドラン様がそれを許してくださるとは到底思えません。意気《いき》揚々《ようよう》と力添えを、と駆け付けておいて拒絶されようものならば、その場で我が魂の消滅を願いたくなるほどの恥となります。そのような危険は冒せません。二の足を踏むどころではありませんよ。千の足、万の足を踏むでしょう」

バストレルがドランの前で恥を掻く事を恐れているのは本当らしく、その顔から微笑が消え、憂いに満ちた表情になっていた。

この大魔導の異名を取った極悪人は、今やドランが関わると、レニーアの如く態度が豹変《ひょうへん》する。

これをクリスティーナやドラミナ達が見たら、一体どんな反応を見せるやら。

「世界の為には戦えぬ、力を思う存分揮う為にも戦えぬ、か」

バストレルの再度の拒絶もハーデスには想定の範囲内だったようで、変わらず落ち着き払った態度のままだ。

「左様でございます。これ以上、答えが否しかない問いを重ねて時間を無為《むい》に過ごすのは得策ではないでしょう。早めに戦場に出立《しゅったつ》されるのがよろしいかと。もっとも、ドラン様達が本当に負けるとは、この私には信じ難い事です。ハーデス様をはじめ冥界軍の助力は必要ないと思いますがね」

「時に敬慕の念が瞳を曇《くも》らせる、か。バストレルよ、ドラン達の戦っている相手の仔細《しさい》を教えよう。それに関しては、お前も興味があろう」

「ハーデス神も意地が悪くていらっしゃる。ええ、現在、私が最も興味のある事柄ですとも。ぜひ、お教えいただきたく存じます」

どうぞお帰りを、と暗に意思表示していたバストレルの鮮やかな掌返《てのひらがえ》しに、ハーデスは呆《あき》れそうになる気持ちを堪《こら》えながら語り出した。

こうして冥界で話をしている間もドラン達を粉砕し、圧倒し続けているその者について。

「敵の名は終焉竜。元は古神竜ドラゴンが七勇者に殺されるよう仕向けた六柱の邪神達だ。ドラゴンの死《し》に際《ぎわ》に乗じて彼の力を奪おうとしたものの返り討ちに遭《あ》い、そのまま消滅したと思われていた連中だ」

「ふむ、その程度でしたら、ドラン様が手をこまねく道理がありませんね」

「そうだ。正確には邪神達もまた傀儡《かいらい》にすぎん。邪神達と奴らがドランから奪った力を媒介《ばいかい》にしてこの世に出現した終焉竜だが、その本質は始祖竜が遺《のこ》した意志だ。厄介な事に、その名の通り、終焉を望む確固たる意志ときている。六柱の邪神達とドランから奪われた力だけならば、七竜が総出でかかれば倒せぬ相手ではない。だが、そこに純然たる始祖竜の意志があるとなれば、話は違ってくる」

ハーデスは険しい顔で続ける。

「事実、奴は転生したドランを観察して古神竜の力の使い方を学習していたようだ。その上、奪った古神竜の力を触媒《しょくばい》として完全なる始祖竜の力を再現し、さらに原初の混沌を食らってそれ以上の力を獲得した。そんな終焉竜を相手に、ドラン達でさえ勝ち目の薄い戦いを強いられている。これがどれほどの異常事態であるか、どれほどの危機であるか。一時的にとはいえ、ドランと力を共有したお前ならば分かるはずだ、バストレルよ」

ここに来て初めて、バストレルはドランの苦戦を信じたようだった。上辺《うわべ》だけは美しい微笑を消し去り、ハーデスの言葉を吟味《ぎんみ》するような表情へと変わる。

「バストレルよ、お前は世界を守る為や力を揮う為には戦わないと口にした。ならば、私はこう言おう。バストレル、お前はドランの為に戦え。それとも、彼を助ける為には戦えないか?」

ハーデスからの最後の問いに対し、バストレルの答えは……

第二章――――　神々の黄昏

――時はドラン達と終焉竜の戦いが始まる前にまで遡《さかのぼ》る。

ドランが聖法王を傀儡としていた六柱の邪神達に原初の混沌へと移動させられた直後、戦いの場だったデウスギアの本拠地に残された者達の話である。

ドランの姿が聖法王と共に消えたと認識した瞬間、セリナ、ディアドラ、ドラミナ、クリスティーナ達はドラッドノートに状況を問い詰めていた。ドランが姿を消す寸前、直接何かしらの指示を受けているのを目撃していたからだ。

「ドラッドノートさん、さっきのは一体どういう事なのですか？　ドランさんが連れていかれちゃいましたよ!?」

セリナは堪らず問いかけた。

もしこの時、ドラッドノートが人の形態を取っていたなら、その大きすぎる不安と懸念《けねん》を抑えきれない様子が垣間《かいま》見《み》えた事だろう。

この地上世界の命運を自在に左右する力を持った兵器にも、今回のドランに起こった事態は力の及ぶ範囲を超えているものだった。

ドランの消え方がこれまでとはどこか違うところを敏感に察し、セリナ達は大小の差はあれども全員が困惑と不安を抱いている。

ドラッドノートもこれに気付いており、すぐさま事情を説明すべく、刃を振動させて音声会話で答える。

「畏《おそ》れながら、簡潔にご説明いたします。現在、ドラン様は邪神達と共に上位の次元へと転移なさいました。私の観測によれば、地上世界よりもはるかに上位の――原初の混沌の存在する次元であると推測されます。転移の瞬間、万が一にも戦闘が勃発した場合、その余波によって地上世界へ悪影響が及ばないようにと、ドラン様から力の供給を受けました。私はそのお言葉に従って、空間ごと隔離する結界を構築いたしました。転移が済んだ現在は、既に結界は破棄しています」

「あの一瞬でそれだけのやりとりが？　いえ、ドランと貴方ならそれくらいは造作もないでしょうね」

ディアドラは疑問を呈したが、すぐにそれを撤回した。

クリスティーナの左手に握られた剣は、地上世界最強の兵器にして古神竜ドラゴンの心臓を貫いた古神竜殺しの剣だ。

そのドラッドノートと古神竜であるドランとならば、ディアドラ達の想像も及ばぬような御業をいくらでも行えるのは間違いない。

「それでドランさんはあの邪神さん達と今も戦っているのですよね？　いつものドランさんなら心配なんてしないのですけれど、今回はなんだか様子が違って……」

言い知れぬ不安と恐怖を拭《ぬぐ》えない様子のセリナが言《い》い淀《よど》む。

ドラミナも、ただドランを信じているだけでは抑えきれない悪い予感に突き動かされて、ドラッドノートへ縋《すが》るように問う。

「セリナさんの言う通りです。あの邪神達が、古神竜ドラゴンが死した時より策を弄《ろう》し、今日という好機を狙っていたと口にした以上、私達もいささかの不安を覚えてしまいます。ドラッドノート、貴方の分かる範囲で状況を教えてはくれませんか」

度々ドランの血を飲み、セリナよりも濃厚にドランの古神竜の力を持つドラミナは、余計に彼の苦境を感じ取っているのかもしれない。

そうでなくとも、今回の敵から感じられた狂気的な執着と畏怖《いふ》は尋常なものではなかった。

クリスティーナもまた不安を隠し切れない眼差《まなざ》しを手の中の愛剣へと向けている。

「ドラッドノート、どうにも今回の敵に対してはこれまでと違う印象を受ける。君の複製品を複数用意しただけなら、大した脅威と捉えなくてもよいのだろう。だが、ドランが転移する前に見せたあの表情は、これまで目にした覚えがない。奇妙な憂いのようなものがあった。ドランが古神竜として戦う場所で、私達に何か出来ると思えないが、それでも……彼が万が一にも苦しい状況に置かれているのならば、彼の力になりたい」

ドラッドノートは言葉を探るようにしばしの沈黙の間を置いてから、ドランの愛する――そしてドランを愛する女性達を見回した。

「現在、ドラン様は原初の混沌の領域にて敵と交戦中です。天界や魔界、地上世界の外に広がる世界の始まりの場所に、神の域に達していない存在は足を踏み入れる事すら出来ません。今回の敵は少々〝やる〟ようですので、ドラン様も手こずっておられますが、あの方は約束を破るような方ではありません。皆様は心穏やかではおられませんでしょうが、どうぞ、あの方の無事の帰還をお待ちください」

「ドラッドノート、本当にそれだけか?」

クリスティーナとドラッドノートの付き合いはそれほど長いものではない。

だがその心魂に刻まれた因果の為か、あるいは単なる洞察力によってか、クリスティーナはこの剣が全てを語っているわけではないと感じた。

主人からの問いに、ドラッドノートはいくらかの間を置いてから、再び刀身を震わせる。

「……我が主《あるじ》に嘘は吐けませんね。…………本機の観測機能を全て稼働させても、既にドラン様の戦闘の様子を捉えるのは不可能な状態に陥《おちい》っています。邪神達とドラン様の戦闘が苛烈の一途《いっと》を辿っている為と推測されますが、私の能力の及ぶ範囲を超えてしまいました。これ以上については、観測ではなく単なる推測でしか申し上げられません」

「地上の存在と、生まれつき神域を超えた存在の差というわけか」

そっとクリスティーナが吐き出した吐息には、諦めと悔しさがこれ以上ないくらいに詰め込まれていた。

「端的に申し上げればその通りです。現状、我々が独力でドラン様の戦闘の様子を観測する事は出来ません。神々や上位の竜種の力を借りる必要があると進言します」

「このままここに留まっていても、私達に出来る事は何もないと？」

「そう判断いたします。ドラン様が戻られるまでの間、ベルン領の統治をつつがなく進めなければなりません。これまでの例に倣《なら》うならば、ドラン様はすぐにでも戻られるでしょうが……」

ドラッドノートが言葉を濁《にご》したのを、誰も責められなかった。

彼女らもまた同じように、今回はこれまでの戦いとは何かが違うと感じているから、いつものように気楽に構えられずにいるのだ。

「参ったな。今回ばかりはそう上手くいかないという嫌な予感がしている」

「クリスさん。私も、私もそう感じます」

最もドランとの付き合いが長いセリナの脳裏には、去り際にドランが見せた表情が焼き付いて離れなかった。心の中に黒々とした穴がぽっかりと開いて、これっぽっちも塞がる様子がない。言い知れぬ不安の種が誰もの胸に植え付けられ、にわかに芽吹《めぶ》いていた。

そんな中、真っ先に意識を切り替えたのはディアドラである。

彼女自身、不安や困惑、心配が拭えたわけではないが、このままここでドランを心配していても何もならないと理解していた。こういう時にすぐに行動に移れる強さが彼女にはあった。

「それなら、ますますここで戸惑《とまど》いながら突っ立っていても仕方がないわ。一度、ベルンに戻りましょう。ドラッドノート、貴方の複製を含め、デウスギアとかいう連中の遺産の制御は出来るのかしら？　邪神達の傀儡になっていたとはいえ、そうなる前からここら辺に巣食っていたのなら、この施設以外にも色々とあっておかしくないわ。私はさっぱりお手上げだけれど、これを放置しておくのがまずいって事くらいは分かるつもりよ。中途半端《ちゅうとはんぱ》にデウスギアの技術を齧《かじ》った連中が、天意聖司みたいなのを粗製乱造でもしたら、とんだ面倒事になるのは目に見えているもの」

「了解しました。私の複製を精査後、デウスギアの電子頭脳に接続し、掌握《しょうあく》を試みます。あまり時間はかからない見込みですが、万が一の事態に備えた罠が仕込まれている可能性もあります。その間、周囲への警戒をお願いします」

幸い、聖法王が使用したドラゴンスレイヤーの複製達は、周囲に転がったままで動き出す素振りは一切ない。

今のところ、自律稼働してセリナ達に襲い掛かる危険性はなさそうだ。

ドランによって破壊された一振り以外の物も、聖法王が姿を消した事によって操作する者が居なくなり、一時的に機能を停止している。

聖法王を傀儡としていた六邪神にとっては、これらの六振りのドラゴンスレイヤーですら、ドランを誘い込み、足止めをする為の囮《おとり》でしかなかったのだろう。

ドランを決戦の場に連れていければ後の事はどうでもよかったのか、複製したドラゴンスレイヤーに自壊機能や自爆機能さえ持たせなかったようだ。

他に出来る事もなく、セリナ達は全員でドラゴンスレイヤーを拾い集めて、ドラッドノートの傍にまで持っていく。

人工知能の性能と魂の有無、古神竜殺しの因果の有無といった差異はあるが、基本的な性能自体は、ドラッドノートと複製品とで大きな違いはないはずだ。

それほどの物をこのまま放置していく道理はない。

これらの品が一万分の一でも性能を引き出せる者の手に渡れば、一体どんな被害がもたらされるか分かったものではないのだから。

一刻も早くドランの安否を確かめたいところではあるが、彼に対するこれまでの信頼と理性がセリナ達に待ったをかけて、衝動に任せた行動を止めていた。

クリスティーナを含んだ周囲から痛いほどの視線を寄せられながら、ドラッドノートは称賛すべき精度と速さで自身の複製の精査を終了してみせた。

ドラッドノートは思わず自賛の言葉を口にしそうになったが、周囲の雰囲気を鑑《かんが》みて咄嗟に呑み込む。

それくらいにセリナ達からの視線は切実だった。

ドラッドノートが黙々と作業を進める中、ディアドラが周囲への警戒を継続しながら口を開く。

「いつまでもドランをどうするかという事ばかり話してもいられないわ。私達はせいぜい、彼がこちらに帰還する時の灯台役が妥当なところかしら。このままここに残っても出来る事はなさそうね。それで……まず目先の問題は、この施設と聖法王国をどうするかね。王国との間で表立った戦争が起きていたわけでもないし、私達の考えで処理していいのかしら？　適切な処置がどういったものか、私には分からないけれど」

ディアドラが指摘した通り、この聖法王国は今や聖法王という支配者が不在の不安定な状態にある。

聖法王は討たれ、精鋭である天意聖司も大多数が戦死したとはいえ、聖法王国の通常の戦力の大部分は健在であり、国民に関しても同じだ。

クリスティーナが眉を寄せて考え込む。

「うーん……ドラッドノートがデウスギアの施設を掌握出来たとして、聖法王のふりをして聖法王国の国民を統治するのか？　自慢ではないが、私はすぐにボロを出す自信しかないぞ」

明らかに嫌だ、と顔に書いてあった。クリスティーナには人を騙す嘘も演技も苦手で下手くそだという自覚があったし、この場にいる面子《メンツ》はほぼ全員がそうだ。例外は統治者経験のあるドラミナぐらいのもの。

セリナもクリスティーナと同様に、聖法王国の支配に関して否定的な意見を述べる。

「正直、ベルン領の発展だけでてんてこ舞いですし、これ以上統治する場所を増やしても私達の手には負えません。ドランさんもそういうのはお嫌いでしょうし。かといって、スペリオン殿下に話を回すにしても、ここはアークレスト王国からは遠すぎます」

聖法王国の中枢《ちゅうすう》はアークレスト王国から遠すぎて、国家を挙げて制圧するには難がある。とはいえ、このまま戦争を継続するのは利益よりも損の方が上回りそうだと、この場の誰もが理解している。

「その件につきまして、私よりご報告申し上げます」

管理者である聖法王が消滅した中で、隙だらけになった施設の電子頭脳中枢を制圧中のドラッドノートが、セリナとディアドラの問いに返事をした。

しかしその声音は少しばかり固い。

「何か進捗《しんちょく》があったの？」

先を促しながらも、どうやらあまりよろしくない報告があるらしいと、ディアドラを筆頭にこの場に残された四人が身構える。

緊急事態用の守護者やデウスギアの秘密兵器が出てくるくらいなら、敵を倒すだけでいいので話は楽なのだが、それでは済みそうにない雰囲気がある。

「デウスギアの反応が消失した事により、施設の自壊機構が作動しました。おそらく、邪神に支配される以前のデウスギアが予め用意しておいたものと思われます。既に主動力が限界突破を目指して稼働しています。施設が自壊して次元の狭間《はざま》に崩落するまで、残り六百六十五秒」

やっぱりだ——と、セリナ達四人の顔に同じ感想が浮かび上がる。

証拠隠滅、あるいはせめて自分達を倒した者を巻き添えにしてやろうという、デウスギアの置《お》き土産《みやげ》だろうか。

「それはまた、随分《ずいぶん》と危ない情報ね。でもまあ、この手の施設にはありがちな話だわね」

呆れるディアドラの傍らで、ドラミナが無言で肩を竦《すく》めた。

心情としては二人とも同じだろう。

デウスギアとしては、天人など自分達以外の種族に、施設や技術を奪われては堪らないと自壊機構を設定しておいたに違いない。しかし、これといって利用するつもりのないドラミナ達からすればいい迷惑である。

同時にこの施設の処分について、答えが確定したわけで、セリナがどこかほっとした顔で口を開いた。

「少なくとも、ここをどうするかは結論が出ましたね。とりあえずは脱出以外の道はありません。まずはここから無事に出る事を一番に考えましょう。ドラッドノートさんが居れば、大した苦労はないかもしれませんが……」

ドラン不在で沈んだ空気を払拭《ふっしょく》するべく、セリナが努《つと》めて明るくそう言った。そのセリナにドラッドノートが言葉を続ける。

「正直に申し上げれば、当機が本施設を時間内に掌握する事は不可能ではありません。しかしそうしたとして、この施設をどうするのか？　という問題が発生します。奪還を試みる聖法王国の残存戦力との戦闘や、天人文明の遺失技術を求める轟国《ごうこく》の介入なども考えられます。またドラン様の救出ないしは観測に役立つ技術も、特に見受けられませんでした。デウスギアは原初の混沌への積極的介入を可能とする技術水準に達していなかったのです」

ドラッドノートの機能ならば、デウスギアの仕込んでいた自壊機構が作動する前に電子頭脳を制圧するのも不可能ではない。

ただ報告した通り、施設に保管された道具や記録されている技術の中に、現状を打破するのに有用なものはない。

そう考えると、このままデウスギアの遺産を掌握しても、得られる利益よりもそれに伴う煩《わずら》わしさの方がはるかに勝る。

「現在の地上文明の技術水準からかけ離れたこの施設がこのまま存在していると、将来に禍根《かこん》を残す、というのが当機の判断です。それならばこのまま自壊機構が作動するがままに任せて、消滅させてしまった方が後腐れもありません」

それが、ドラッドノートの判断だった。

先祖からの縁がある愛剣の言葉に、クリスティーナは頷く。

「同意するほかないな。手に入れたとしても管理もままならないし、表立って運用する事も出来ない機密事項の塊だ。正直、何百年先の技術で作られた代物なのか、私には計りかねる。それなら既に滅びていたデウスギアへの鎮魂《ちんこん》の意味も兼ねて、自身の施した仕掛けによって消滅させるのが、彼らへの礼儀かもしれない」

「でしたら、私達は一刻も早くここから立ち去るといたしましょう。ドランの件はそれからです」

ドラミナもドラッドノートの提案に賛同を示した事で、方針は決まった。

ようやく前に進める決断が出来たと、セリナの声にも少しだけ明るさが戻っている。

「こういう時に頼りになりそうなのは、レニーアさんとリリさんですね！」

ドランと魂の繋がりがあり、最高神級の存在であるレニーアや、ドランの眷属たるドラグサキュバスとなったリリことリリエルティエル。彼女達ならば、今回の非常事態に何か気付いている可能性は極めて大きい。

とにもかくにも、行動が決まったら即座にそちらに意識を切り替えられるのが、この面子の長所だった。

セリナが言い終えた次の瞬間には、全員が突入口を目指して走り出していた。

この場所との接続を維持している次元回廊《じげんかいろう》の門を音よりも速く通過し、白竜形態のドランの突撃によって大崩壊した聖法王国首都デミラザルの地下に、早々に到達する。

聖法王国の残存戦力が頭上を埋め尽くしている可能性もあったが、幸い空を遮《さえぎ》るものはなかった。

これなら、聖法王国から脱出するのに余計な戦闘をする必要はなさそうだ。

ドラン不在の今、白竜に乗って帰る事は出来ないので、ドラミナが神器ヴァルキュリオスを巨大な蝙蝠《こうもり》を思わせる形状に変化させて、これを脱出の足に用いた。

上空に退避したセリナ達の真下では、聖都デミラザル中心部に出来た大穴の底から、黒く渦を巻く深淵《しんえん》が覗《のぞ》いている。

その向こうに存在したデウスギアの秘密基地は、原子にまで分解されて次元の狭間に呑まれているだろう。

かくしてこの星の歴史の裏で蠢《うごめ》いていた異星の侵略者達の遺志は、邪神達にいいように利用された挙句、最後には自分達の施していた仕掛けによって完全に消滅するに至った。

そして聖法王国の生き残り達は、聖法王と神を失ったまま これから生きていかねばならない。

……自分達の信じる神が、支配の為にでっち上げられた架空のものだったとも知らず、神より授かった奇跡が異星の技術によるものだとも知らずに。

「なんだか凄《すご》い事になっていますね……」

痕跡を一切残さない徹底ぶりに息を呑みながら、セリナは素直な心情を口にした。

これでドランさえ一緒に脱出していれば、聖法王国とデウスギアとの戦いは終わったと安堵出来たのだが、傍らに彼の姿はない。

その事実は、セリナの心を無情にも打ちのめしていた。

巨大な蝙蝠に近い形状に変化させたヴァルキュリオスの操縦を担《にな》うドラミナが、セリナのそんな様子を気遣って意識の切り替えを促すように口を開いた。

「聖法王国の残存戦力が集まってきては面倒です。早々にこの場を離脱しましょう。戦闘は全て回避して、最速でベルンに戻りますよ」

「は、はい、お願いします」

ドラミナの声にはっとしたセリナが反射的に返事をして、それにクリスティーナも続いた。

「ドラミナさん、よろしく頼む」

そう言いながらも、クリスティーナの瞳はドラミナではなく眼下の街並みに向けられていた。

彼女はヴァルキュリオスが加速する寸前、大穴の開いたデミラザルの光景を目に焼き付けた。

幸い住人は全て避難していたようだが、聖法王を失った彼らが首都に戻ってきた後にどうするのか、統治者として学びはじめていた彼女にはどうしても気掛かりだった。

聖法王国の詳細な政治体制は未知だが、宗教国家であるこの国で聖法王が極めて大きな権力を握っていたのは、想像に難くない。

残された重臣や国民達が一致団結して被害を受けた首都の復興に勤《いそ》しむのか、それとも次期聖法王の座を巡って派閥争《はばつあらそ》いが勃発するのか。

聖法王国に混乱をもたらした側であるクリスティーナがこの国の未来を憂慮するのは、傲慢《ごうまん》と言われても仕方ないし、筋違《すじちが》いも甚《はなは》だしい。それはクリスティーナも自覚するところだった。

「……」

そうしたクリスティーナの感傷を置き去りにして、ヴァルキュリオスは一気に加速し、周囲の光景は見る間に後方へと流れていく。

防風と防寒を兼ねる結界が、帆船ほどの大きさのヴァルキュリオスの周囲に展開されているので、飛行中の快適さは確保されている。

おまけに慣性制御も働いているから、胴体上部に腰を下ろしたセリナ達は揺れ一つ感じないし、命綱《いのちづな》を結ぶ必要はもない。

ヴァルキュリオスの飛行速度は音速を超える上位の飛行魔法よりも速く、ドラミナの宣言通り、ベルンへ帰還するまで大した時間はかからないだろう。

自分でも気付かないまま表情を険しくしているクリスティーナの左肩を、ディアドラのたおやかな右手が優しく叩いた。

「ディアドラさん？」

「ドラン以外の事でも難しい顔をするなんて……損な性分《しょうぶん》ねえ、貴女《あなた》は。どうせ、ここに戻ってきた聖法王国の民がこれからどうなるのか、とか考えていたんじゃないの？」

「ん……。ふう、誤魔化すのも無理そうだな。突然、指導者を失ったとなれば混乱が巻き起こるのは目に見えているし、少し気になってしまったよ。まあ、余計なお世話と言うか、案ずる資格がないのは自覚しているが、それでもつい、ね。昔、家も食べ物もないような酷い生活を送っていたせいかな。彼らの未来に自分の境遇を重ねてしまったよ」

「浴びるだけで洗脳される雨のせいで信者にさせられた人達も多いでしょう。それとは別に、生まれた時から教え込まれて、心から信仰してきた人達も相当いるはずよね。首都なのだから、後者の方が多いでしょうけど。そんな人達と、今回の件で洗脳が解けた人達との間で、大きな摩擦《まさつ》が生じるわよねえ。親は洗脳された世代だけれど、子供世代は違うなんて事も考えられるわ。支配していた地域も相当広いみたいだし、クリスが考える以上に荒れに荒れるのではないかしら？　私みたいな世俗に疎い黒薔薇の精でも、それくらいは思いつくのですもの」

「……はあ、相変わらず容赦がない。いや、確かにその通りだと思うよ。聖法王に加えて、天意聖司もかなりの数を倒したし、この国はきっと荒れる。乗り込むと決めた時から分かってはいたが、ドランが側に居ない所為《せい》もあって、どうにも弱気になってしまったみたいだ」

「そこまで面倒を見ていられないわよ。そもそも、アークレスト王国を含めて纏めて洗脳しようとしてきた連中だし、それがデウスギアなり六邪神の独断だとしても、私達がそこまで優しくしてあげても仕方ないわ。それでも貴女は、力のない人達が犠牲《ぎせい》になるのは嫌だって思うのでしょうけれどね。こうお考えなさいな――」

「うん？」

力なく相槌《あいづち》を打つクリスティーナに、ディアドラは幼い妹を諭《さと》す姉のように、ゆっくりと言い聞かせる。

「聖法王国の人達は自分の頭で考えて、自分の足で歩く時期が来たのよ。デミデッドという実体のない虚像が消えたのは知らないままだし、相変わらず信仰は残るでしょうけれど、良い事も悪い事も含めて、因果応報《いんがおうほう》よ。たとえ騙されていたものだとしても、聖法王国の国民として恩恵を受けていたのなら、その報《むく》いは受けるべきよ。〝知らなかったでは済まされない〟ってやつね」

「ふむ、出来る限りそう考えるようにするよ」

頭では分かっていても、心では納得出来ていない——そんな声音であった。

その思いはクリスティーナだけのものではなく、セリナやドラミナ、そしてディアドラにも共通している。

為政者《いせいしゃ》として多くの経験を積んだドラミナあたりに気の利いた事を言ってほしい場面だが、そんな周囲の期待に反して、美麗なる女王は赤色の唇を結んだままだ。

ディアドラは心の中で零す。

（こういうの、私向きじゃないわよね。それもこれも、ドランがこの場に居ないからよ。見つけ出したら愚痴《ぐち》の一つも聞いてもらおうかしらね）

一方、クリスティーナは現実に即した言葉を続ける。

「しかし、そうなると、今回の事件を王国にどう伝えるかが難しい。頭を捻らないといけないいな」

聖都デミラザルを目指してベルンを出立する際に、その時点で得られていた聖法王国の情報と周辺諸国に降り注ぐ雨については、ガロア総督府《そうとくふ》経由で王宮に上げている。

だが聖法王の正体が異星人の残党であり、既にその残党が消滅している件や、さらにその背後に蠢いていた太古の邪神群の事などはまだ伝えていない。

これらの情報を素直に上げれば、あまりの突拍子のなさに、正気を失ったと勘違いされてもおかしくないだろう。

クリスティーナとて、念願のベルンの領主になったのに、王国から妙な疑いをかけられたくはないので、伝える情報はある程度絞らなければならない。

それにしても、王国最強の『アークウィッチ』メルルの後継者として認識されているドランが行《ゆく》方不明《えふめい》と知れば、王国上層部はそれなりにざわつくだろう。

当然、最大戦力であるメルルに比肩《ひけん》する——と考えられている——ドランの戦闘能力が失われるのは、アークレスト王国にとって大きな痛手だ。

それだけでなく、海中の大国である龍宮国《りゅうぐうこく》との強い繋がりのあるドランの喪失《そうしつ》は、かの国との関係悪化を連想させる恐るべき事態でもある。

基本的に素直で嘘や隠し事の出来ない〝良い子ちゃん〟の多いベルン首脳陣だが、流石に馬鹿《ばか》正直《しょうじき》に事実の全てを伝えれば、かえって悪い結果につながりかねない。

それくらいはクリスティーナにも想像が出来た。

「それを考えるのが貴女の仕事よ、クリスティーナ。あの雨を止めた以上、少しは王国や帝国も落ち着きを取り戻すと思うけれど、それでもしばらくは慌《あわ》ただしいままでしょう。その間は、こちらも混乱していたから——と、報告を遅らせてもバレやしないわ。ドランさえ無事に戻ってきたなら、大抵の誤魔化しは利くはずだわ。なんにせよ、そこからが色んな意味で本番になるわね」

下手をすれば王国への背信的行為ともとられかねないディアドラの発言だが、咎《とが》める者は誰もいなかった。

この場にいる面々は皆、王国へ親愛の情は抱いていても、絶対的な忠誠心を抱いているわけではない。それに、ディアドラのあえて茶目《ちゃめ》っ気《け》を含めた言い方は、第三者が居たとしても、勘ぐる気にもならなかっただろう。

「ふふ、なるほど、ディアドラさんの言う事はもっともだ。なら、ドランが戻ってくるまで、少々ズルをしておくとしよう」

「あの王子様なら、たとえバレても多少は目を瞑《つぶ》ってくれそうだけれどね」

「私達がそれ以上に王国にとって有益であればね。それに多少は友情も加味してくれるよ。善良な御方だからね」

少しは気持ちの整理がついたのか、落ち着いた表情を見せるクリスティーナに、ディアドラが笑いかけた。

お互いドランの居ない状況に不安を抱えている。

その上、さらに重荷まで背負ってしまっては、顔を上げるのだってままならなくなる。

頭を潰した聖法王国に関しては――かの国の人々には酷だが――クリスティーナ達にとって最優先事項ではないのだ。

†

原初の混沌が存在する最上位次元で戦いを続ける始原の七竜と終焉竜は、一進一退の攻防を繰り広げていた。

終焉竜の力の増大が止まり、ドラン達が兄弟姉妹での連携に慣れてきた事により、徐々にではあるが、対等に近い戦いが出来るようになっていた。

「お兄ちゃん！」

「おう！」

自分達よりはるかに巨大な終焉竜に対し、アレキサンダーとドランは左右から挟み込むように攻撃を仕掛けた。

こんな状況にもかかわらず、アレキサンダーはドランとの以心伝心の連携に、これは心が通じ合えている証拠だと喜びを感じている。

彼女の兄に対する〝拗《こじ》らせ具合〟は半端ではない。

ドランとアレキサンダーが口を開き、気が遠くなるほどの圧縮を瞬時に繰り返して作り上げた超高密度の〝力〟が、白と銀の光の球体として発射された。

終焉竜に比べれば小さな球体だが、その鱗を、そしてその下にある肉体を破壊しうる質を持たせた一撃である。

これまで、撫《な》でるような力加減であらゆる敵を滅殺《めっさつ》し、概念や世界さえ消滅させてきたアレキサンダーからすれば、初めて必要に迫られて行なった工夫である。

「知恵を回せたか」

終焉竜の呟きはアレキサンダーへと向けられたものだ。

終焉竜は、これまでドラン以外にも始原の七竜全員の動向を観察していたのだが、アレキサンダーにそのような知性がある事に驚きを禁じ得なかったのである。

一方、この呟きを聞いて馬鹿にされたと感じたアレキサンダーは、すぐさま新たな怒りの火山を大爆発させた。

激昂しやすい彼女の性格は搦《から》め手《て》に弱いという重大な欠点に繋がるが、始原の七竜の中で最も戦闘に向いている。

怒りに満ちたアレキサンダーの咆哮が戦場に響く。

「があああああああ！」

直後、終焉竜は左右に突き出した両手の先に集中させた力を盾として展開した。

七角形の盾は揺るぎもせずにドラン達の光球を受け止めたが、そのまま拮抗状態《きっこうじょうたい》が続き、光球が弾かれる事もなく、盾を貫く事もなかった。

これまでどんな攻撃でもあえて直撃を受けて、無傷な姿を見せて実力差を示してきた終焉竜が初めてとった防御行動だ。

これは同時に、アレキサンダーとドランの攻撃が通用する事を意味している。

「初めて防いだな？　ここまで力を高めればようやく通じるか。教えてくれてありがとう！」

皮肉を口にするドランは、発射した光球以上の力を両手に纏わせて、終焉竜の直上から襲い掛かる。

終焉竜の誘いである可能性も考慮したが、それでもここで畳みかけるべきだと、七竜の中で最も戦闘経験の多い彼は判断したのだ。

終焉竜は盾をそのまま展開しながら、直上に現れたドランを仰ぎ見る。しかしここで、正面に回ったバハムートとリヴァイアサン、背後に回っていたヒュペリオンとヨルムンガンドの放つ力の強大さに気付く。

ドランとアレキサンダーが仕掛けはじめた瞬間から力を溜めに溜め、圧縮していたのだ。

皆が終焉竜にたっぷりと苦痛を味わわせてやると意気込んでおり、それぞれの力を融合させる事で内包する力を倍以上に高めていた。

前後から同時に破滅的な力を秘めた光球が発射され、頭上からはドランが仕掛ける機を計っている。

攻撃を食らうよりも早く絶望によって絶命しかねない事態だが、終焉竜は動じなかった。

「かあっ‼」

終焉竜の口が大きく開き、喉の奥から灰色の光線が同時に何本も発射された。広範囲に向けて放射するブレスを光線の形に束ねたのだ。

数十の光線の半数が途中で折れ曲がり、背後のヨルムンガンドとヒュペリオン、そして頭上のドランへと複雑な軌道を描きながら襲い掛かる。

前後から飛来する光球には四方から光線が突き刺さり、終焉竜に命中する前に無数の光の粒子へと崩壊してしまう。

ドランもまた絡みつくようにして迫りくる光線を、光を纏う両手を振るって必死に打ち払う作業に追われた。

「ちい、器用な真似をしてくれる！」

ドランがようやく襲い来る灰色の光線の全てを打ち払った時、彼の感覚器官は弧を描いて迫りくる終焉竜の三本の尾を捉えていた。

(回避——は、間に合わん!)

全魔力を防御に回したドランの左半身を、終焉竜の三本の尾が容赦なく叩いた。

直撃と同時に鱗が砕け散り、その下に守られていた肉が弾け、折れた骨が飛び出たが、それでも五体が挽肉《ひきにく》に変わらなかったのは、かろうじて防御が間に合ったお蔭だった。

加えて、息を潜めて隙を窺っていたヴリトラが下方から弾丸の如く飛来して、終焉竜の八枚の翼の付け根に渾身の一撃を加えてその体勢を崩した影響が大きい。

「まずは一発だよ、終焉竜君!」

得意げに鼻を鳴らすヴリトラは一撃離脱を徹底し、今は終焉竜から遠く離れている。

これと入れ替わりに、終焉竜の喉元に食らいついたのはアレキサンダーだ。

既にドランと一緒に放った光球を防いでいた盾は消えており、アレキサンダーの接近を防ぐものはなかった。

三本の尾を食らったドランがそのまま無事な右腕と尻尾を使い、さらには噛みついて終焉竜の尾を拘束していたのも、アレキサンダーにとって有利に運んだ。

先程の光球や終焉竜の灰色の光線同様、持てる力を集約させて威力を最大限に高めた影響で、アレキサンダーの牙は銀の輝きに包まれていた。

この次元そのものを震わせるような大音量が、終焉竜の首筋から発生する。

かつて始祖竜の牙より生まれたアレキサンダーの牙は、その出自による矜持《きょうじ》と怒りを乗せて、かつてない威力を発揮し、僅かに――本当に僅かに終焉竜の鱗に食い込む。

「ぐるるるる‼」

目を血走らせて少しでも牙を深く突き立てんと全身全霊を振り絞るアレキサンダーの首を、終焉竜の左手が掴む。

その手はいとも容易くアレキサンダーの鱗に罅を入れて、そのまま枯《か》れた細枝の如く彼女の首を折るかに思われた。

ギシリ、と軋む音が聞こえるように終焉竜の左手の動きが鈍《にぶ》り、遂《つい》に完全に停止する。

慈悲も容赦もない終焉竜が、アレキサンダーを相手に手心を加える理由はない。

ならばこれは、他者によって止められた事を意味する。

ヨルムンガンドの六つの竜眼による拘束だ。

光球の砲撃が防がれてから竜眼へ力を注ぎ、機会を待っていたヨルムンガンドの的確な支援と褒《ほ》めるべきだろう。

終焉竜がぐるりと首を回して、虹色に輝く五つの瞳でヨルムンガンドを睨む。

直後、ヨルムンガンドの眼が五つ、内側から真っ赤な血と肉片を撒き散らしながら弾け飛んだ。

それに対して終焉竜は五つの竜眼を一瞬だけ閉じる。

「ぐむぅ⁉」

ヨルムンガンドの小さな苦しみの声が、竜眼の弾けた五つの頭からかすかに零れ落ちた。およそ〝眼〟にまつわるあらゆる権能を持ち、最高最強の出力を誇るヨルムンガンドの六つの竜眼が、終焉竜の五つの竜眼に敗れた瞬間であった。

残る竜眼は変わらず終焉竜の左手を拘束し続けているが、拘束力が格段に落ちたのは言うまでもない。

アレキサンダーの首がへし折られると見えた瞬間、その口から轟雷《ごうらい》のような怒声が放たれる。

「ぐぎいあああ！」

血を吐くような叫びと共に、アレキサンダーの首から上が、内側からの莫大な力と共に弾け飛び、終焉竜の左手もまた大きく吹き飛ばされた。

頭部を失ったアレキサンダーの体が、糸の切れた人形のようにぐらりと倒れ込む。

始原の七竜の中からついに滅ぼされた者が出たかと、周囲で終焉偽竜と戦っている神々に絶望が広がっていく。

死《し》に体《てい》のアレキサンダーを跡形もなく消滅させようと、終焉竜が口を開いたまさにその瞬間。

アレキサンダーの体が勢いよく回転して、加速した尻尾が終焉竜の顎を打ち上げる。

「ぬっ」

終焉竜の顎を叩いた反動でぐるぐると回転しながら終焉竜から遠ざかるアレキサンダーの首から上が、見る間に元の形を取り戻していく。

相も変らず怒りを宿した瞳が、ギリギリと軋む牙が、蘇《よみがえ》る。

アレキサンダーは終焉竜によって首の骨を粉砕されるよりも速く、自ら頭部を弾き飛ばす事で拘束から逃れるという荒業《あらわざ》に打って出たのだった。

「苦境に陥れば知恵を働かせるか。ならば次は知恵を働かせる暇がないほど素早く、無慈悲にその首をへし折って――」

終焉竜が残酷な言葉を告げたまさにその時、彼の周囲に、残る六柱の竜から全力のブレスが殺到した。

終焉竜に痛打を加えるのではなく、アレキサンダーが体勢を立て直す時間を稼ぐ為の攻撃だ。

通じないと分かっていても構わず全力のブレス放射を続ける六柱。

さらに距離を取ったアレキサンダーのブレスも加わって、終焉龍は七方向から怒涛《どとう》の勢いで放出されるブレスの中心に押し留められる。

これまでの戦いの経過からして、終焉竜はこちらの攻撃をものともせずに、灰色のブレスを撃ち返してくると想定し、ドラン達はいつでも退避出来るように備えていた。

しかし、ここにきてその想定は外れる事となる。それもおそらくはドラン達にとって好ましい方向に。

終焉竜は、始原の七竜が力を集結させたブレスの中心部から反撃のブレスを放つのではなく、まるで集中砲火を避けるようにして勢いよく飛び出してきたのだ。

終焉竜の脱出と同時にブレスを中断したドラン達は、頭上で翼を広げてこちらを睥睨《へいげい》する終焉竜の巨躯に生じた変化を見逃さなかった。

アレキサンダーの牙によって僅かに生じた首筋の小さな傷。そこから右胸にかけて広く罅が走っているではないか！

しかし終焉竜は苛立《いらだ》つ様子もなく、つまらなそうに自分に刻まれた傷に右手で触れて、小さく息を吹きかけた。

たったそれだけでアレキサンダーが渾身の力で与えた傷は消え去り、鱗は元の輝きと形を取り戻す。

終焉竜はドラン達が呆れるほどに頑健《がんけん》な上に、とてつもない再生能力を兼ね備えている。おまけに攻撃はこちらの防御を容易く貫通して、肉体を吹き飛ばす威力だ。

これまでドラン達が散々敵対者に与えてきた脅威が、そっくりそのまま返ってきたような強敵である。

だがその終焉竜に初めて傷らしい傷を与えた事実は、ドラン達にとっては歓迎すべきものだった。

「単にアレキサンダーの与えた傷が広がっただけだと思うか？」

傷が癒《い》えても動かずにいる終焉竜を見上げながら、ドランはバハムートに問いかけた。

ヨルムンガンドの竜眼は全て回復しているが、酷使《こくし》は控えるに限る。

その為、七竜で最も智慧《ちえ》に溢れるバハムートに分析を依頼した。

「仮にそうであれば、事は単純だ。同じ芸当を繰り返せば終焉竜にも傷を与えられる。アレキサンダーの与えた傷に意味がなかったわけではないが、あそこまで大きく傷を広げられた理由はもっと別のものであろう」

「ふむ、となるとやはりアレか？」

「汝の考えているアレであろうな」

終焉竜に傷を与えた可能性について、ドランとバハムートが頷き合う。

彼らばかりではなく、リヴァイアサンやヒュペリオンら他の七竜もおおよその察しはついていた。

万が一にも彼らの力がどうしても及ばないという事態は、これまで一度も想定しなかったわけではない。

そうなった時に彼らがとるべき、あるいはとらなければならない最後の手段。

それを終焉竜を相手に用いなければならなくなる段階が徐々に近づいているのを、七竜全員が感じていた。

「傷をつけられたのは、七つの力を一つにしたから、か」

「単に同時にブレスを当てただけではなく、力の加減、それに混ざり具合の妙が噛み合わさっての結果だ。ドランよ」

「狙ってやれたものではないが、その内に出来そうな気もするな。はてさて、確かめる価値はあるか、ふむ」

「最後の手段は、出来ればとりたくないというのは、我ら七竜の共通見解だ。状況が許す限りにおいて、試せるだけ試してみる他あるまいよ」

彼らの言うところの最後の手段にどれほど忌避感があるのか、ドラン達の声音には苦いものが含まれている。

一方で、終焉竜に傷を与えた事実に調子に乗ったアレキサンダーは、そこまで考えが及んでいない様子だ。

先程からまるで動かずに、こちらを推し量るような目を向けてくる終焉竜に対して、彼女は侮蔑をたっぷり込めた言葉を吐く。

「は！　どうした、これまで余裕綽々《よゆうしゃくしゃく》の態度で私達の攻撃を受けていたお強い終焉竜様が、私の牙で鱗に穴を開けられて弱気になったか？　始祖竜の意志だのなんだのと嘯いた貴様だ。ならば始祖竜同様に翼をもぎ取り、目玉を抉り出し、尻尾を切断し、頭を斬り飛ばし、心臓を抉り出してやる。それから私達のような存在が生まれないように、肉の一片、血の一滴も残らぬくらい完全に消滅させてくれようぞ！　我ら七竜が揃えば敵なんぞないわ！」

まさに図に乗るとはこの事と言わんばかりに、次々に罵倒《ばとう》の言葉を吐き続けるアレキサンダーの姿にある種の安心を抱きながら、ヒュペリオンが終焉竜に語り掛ける。

「んふふ、アレキサンダーは君に攻撃が効いたのがよっぽど嬉《うれ》しいんだねえ。ところでだよ、終焉竜君。始祖竜が僕ら七竜に分かれる前に本当に自滅の意志があったとして、そしてその意志が君だと……そこまではいいと思うよ。僕の場合、そういう事もあるかなぁと思うからね。けれどもねえ、他の生き物や世界そのものを纏めて道連れにしようとするのは、如何《いかが》なものかと思うなあ。ただでさえ、始祖竜の残滓同士で全方位――というか、全方面に迷惑をかける事態になっちゃっているんだよ？　身内同士の喧嘩《けんか》でここまでの規模で誰かに迷惑をかけて、恥を晒すなんて、きっと後にも先にも僕達だけだよ。どうしてそこまで終焉の範疇を広げてしまったのかなあ？　せめて竜界の中、もっと言えば僕ら七竜までに対象を抑えられなかったの？」

本当に恥ずかしいな、困ったなあ、と心の底からぼやくヒュペリオンの言葉に、終焉竜は何を思うのか？

同じ始祖竜から生まれた者同士として、何かしら感傷めいたものを覚えているのだろうか。

そして目がないヒュペリオンには、終焉竜とその心がどう見えているのか……

この機に乗じて、リヴァイアサンも終焉竜に問いを重ねる。

「然《しか》り、然り。まっこと妾にとってはこの上ない恥晒しよ。そこのところ、お主は恥という感性を持ち合わせているのか？　持っておるのなら、とてもではないが、このような無粋《ぶすい》な真似はしておらぬであろうがの」

無論、お互いにただ静観しているだけではない。

リヴァイアサンもヒュペリオンも次の一撃を繰り出す為の力を溜め込んでおり、それは終焉竜も同じであろう。

既にお互いを滅ぼす以外に道はないと理解していたが、それと同時に終焉竜はどのような心情でこのような行いに至ったのか？

それを知りたいという欲求もまた、リヴァイアサンに限らず、七竜達の胸にあった。……いや、アレキサンダーだけは違うかもしれないが。

「我は機構である。我は命の終末を望んだ始祖竜の遺志。我は存在の終焉を望んだ始祖竜の意志。思想、精神、志向に変化の余地はなく、粛々《しゅくしゅく》と全ての終焉を実行する。始原の七竜のように何かを残してしまわぬように。いかなる記憶にも記録にも残る必要はない。我は完全なる消滅を、静寂なる終焉を実行する。お前達が存在しては我という存在の記録が残り、存在の痕跡が残る。それはならぬ。それを始祖竜の意志は許容しない。故に、誰も彼も、何もかも、我と共に終焉の時を迎えよ。

何も生まれず、何も変わらず、観測する者も観測される者も一切存在しない未知の終焉の先に至るのだ」

自らを機構と言い切った通り、終焉竜の言葉には熱や想いが一切なく、怒りも喜びも悲しみも歓喜もない。それを成す事だけが自らの存在理由であると、如実《にょじつ》に伝わってくる。

いくら言葉を交わしても、拳《こぶし》を交えたとしても、終焉竜とは〝そのようなもの〟であり、いわば天災かそういった現象と呼ぶのが相応しい。

「やれやれ、なまじ言葉が交わせるだけに勘違いしてしまいそうになるのう。結局はお主を完全に消滅させせん事には我らの平穏な未来はあり得ない、と分かっただけか」

「そうだね～。始祖竜ってそんな破滅願望があったのかなあ。こんな傍迷惑《はためいわく》な事態に繋がるなんてさ。僕達がもっと早く気付けていたらねえ」

「今さら言うても仕方があるまいよ。あやつの望む終焉は、あやつのみにもたらしてやるのが、妾らの成さねばならぬ一事ぞ」

「性《しょう》に合わないとか言っていられないものねえ。仕方ない、やりますかあ」

それでもまだのんびりと聞こえるヒュペリオンの言葉と同時に、リヴァイアサンも溜めに溜め込み、練りに練り上げた力を解放した。

終焉竜にその名の通りの終焉を与えるべく、二柱が再び動き出す。

リヴァイアサンが生み出した力は膨大な水となって出現し、それらが見る見るうちに七本の細長い槍に変化した。

その全てが凄まじい勢いで螺旋《らせん》を描いて回転しており、貫通力を高めているのが見て取れる。

ただそれだけであったなら終焉竜の鱗を貫く事は叶わないが、そこにヒュペリオンが練り上げていた力が加わった。

「一体ずつの力で駄目なら、力を合わせてやってみる。単純明快でいいよね～」

加えてもう一つ。アレキサンダーがリヴァイアサンの長大な背に跨るように手を置いて、渾身の力を注ぎ込んだ。

注がれたアレキサンダーの力がリヴァイアサンを介して伝わり、水の螺旋槍が三柱の力を備える。

ヒュペリオンの打撃力、リヴァイアサンの頑健性、アレキサンダーの貫通力というそれぞれの特性が付与されたこの槍は、単体での攻撃と比べて三倍以上の強化がなされている。

それでもまだ、終焉竜への有効打には成り得ない。

先程のように七柱の力を纏めて受けないように、終焉竜はやや下方から飛来する螺旋槍の群れを正面に捉え、八枚の翼で羽ばたいて一気に加速した。

七竜最速を誇るヴリトラを上回る速度の終焉竜を捕捉し、正確に攻撃を加えるのはドラン達であっても容易ではない。

終焉竜自身が回避行動をとるようになれば、攻撃を当てるのが飛躍的に難しくなる。当然、残るドラン、バハムート、ヨルムンガンド、ヴリトラの動きに対しても同時に警戒しており、油断は一切ない。

余裕を持って水の螺旋槍を避けて、リヴァイアサン達に一撃を加えるべく動いていた終焉竜だったが——突如バハムートの黒炎が包み込み、直撃した。

これは決して終焉竜の失態ではなく、むしろドラン達の功績と言うべきだろう。

「わっはっはっは！　ヨルムンガンドの〝視線〟に、僕の風とバハムートの炎を乗せてみたのさ！　どうだい、終焉竜君‼」

高笑いするヴリトラの言う通り、終焉竜の全身を包み込む黒炎は激しい勢いで回転しており、黒い炎の竜巻と呼ぶのが相応しい。

ヨルムンガンドの視線に乗せる事により、彼の視界のどこにでも瞬時に攻撃を発生させられるのである。

「笑うのは構わんが、力を緩めるなよ、ヴリトラ」

ヨルムンガンドの左肩に手を置き、凝縮《ぎょうしゅく》した力を流し込み続けるバハムートに忠告され、反対の右肩に手を置いているヴリトラは高笑いを引っ込めて、真面目な顔を作った。

いつもどこか気の抜けた速度至上主義の竜といえども、この状況が過去に経験がなく、未来にも二度とあり得ない危機であるのは分かっている。

だからこそ、普段通りに振舞って、最高の力を発揮出来るように、彼女なりに虚勢《きょせい》を張っていたのかもしれない。

「分かっているよ、バハムート。力とか気持ちを緩められる余裕のある相手じゃないからね！　ヨルムンガンドもごめんね。結構な負担でしょ？」

「必要な負担であれば、気《き》に病《や》む必要はない。我が眼が再び爆《は》ぜようとも、構わず力を注ぎ込み続けよ。ドラン！」

「承知だ！」

黒い炎の竜巻に包み込まれ、水の螺旋槍が次々と命中していく終焉竜に向けて、さらに駄目押しの一手を進めるのがドランの役目だった。

始祖竜の心臓であった彼は力の流れの操作を最も得意とする。

終焉竜を取り巻く六柱の攻撃そのものにドランが干渉し、それらを一点に集中させていく。

元は同じ始祖竜であった事、そしてドラン以外の六柱が力を合わせるのを了承している為、干渉は何にも邪魔されずに極めて迅速《じんそく》に行われた。

彼の虹色の瞳が一際強く輝き、黒炎の竜巻と水の螺旋槍が虹色に輝きながら終焉竜の胸部——心臓があるであろう位置へと集中。これまでとは比較にならない光の爆発が生じて終焉竜の姿を丸々呑み込んだ！

「倒せてはいないぞ、畳みかけろ！」

爆発の中で動く終焉竜を感知したドランが叫ぶ。彼に言われるまでもなく、七竜全員が分かっているだろう。

この爆発自体も七竜の力そのものだ。ドランはそれを操作して継続的に終焉竜に攻撃を続行し、同時に追撃を仕掛けるべく、七枚の翼をあらん限りに広げ、全力砲撃の反動に備える。

ドランが感知している終焉竜の位置は他の六柱にも共有され、全員が終焉竜の正確な位置を捕捉している。

ようやく作り出せた好機を逃すまいと、七竜が動き出すまさにその寸前――終焉竜を拘束している爆発が内側より迸った灰色の衝撃波によって吹き飛ばされた。

そして爆発の中心部にいた終焉竜の姿が、七竜達の前に露わとなる。

衝撃波を放った終焉竜の五体に欠損はなく、五つの瞳に宿る力に翳《かげ》りはなかったが、攻撃の集中した胸部は確かに抉られて、滝のようにどす黒い血が流れている。

今度は狙って行なった七竜の一点集中攻撃が、目論見《もくろみ》通り確かな成果を上げたのだ。

どうにか付けられた傷をまた塞がれては堪らない。

ドラン達は防御をかなぐり捨て、反撃で五体を粉砕されるのも厭《いと》わずに、一気に襲い掛かる。

「戦いが長引けば、それだけセリナ達との約束を果たすのが遅れるのでな。ヴリトラではないが、貴様には一刻、一秒、一刹那《いっせつな》でも速く消え去ってもらうぞ！」

地上世界で今も自分を待っているだろう愛しい人達を思い、ドランはこれまで以上の力に満ちた咆哮を上げて、際限なく気力を充実させていく。

それでもなお、一手の過《あやま》ち、僅かな気の緩みがあれば容易く五体を砕かれてしまうほど、彼我の力は隔絶している。

ドランやバハムート達でさえも終焉竜が相手ではそのような有様であるから、彼らに次ぐ龍神や神竜、あるいは神々が手助け出来ずにいるのも仕方がない。

直接の助力が叶わぬアルデス達であったが、彼らもまた全ての力を絞りつくさねばならない戦いを継続している最中だ。

終焉竜の混沌食いを阻むキューブ状の隔離結界を破壊すべく、内部に放たれた歪で醜悪で短命な終焉偽竜の大群と神々と竜種による連合軍の激突は、激化の一途を辿っていた。

最初に終焉竜が即席の眷属を誕生させて以降、ドラン達の攻勢が増した甲斐もあって、第二波はまだ出てはいない。

しかし、終焉偽竜自体が分裂、増殖して数を増やす能力を有していた為、戦闘開始からその数が減る様子はない。

これに対して、アルデスを筆頭とする神々は果敢《かかん》に戦い続けている。

とはいえ、もとより彼らでは、仮に全ての力を結集したところで終焉竜本体には一矢報いる事も叶わない。

唯一届き得る牙が、ドランら始原の七竜だ。

故に、彼らに出来るのは身命を尽くして終焉竜の強化を防ぎ続ける事のみ。

それも、ドラン達が終焉竜を倒すか、自分達が滅びるまでという、いつ終わるのかも分からない条件付きだ。

勇猛果敢なる戦神や武神であっても、心に罅が入る音が聞こえてきそうな敵である。

しかし、少なくとも終焉偽竜の群れの真っただ中で愛槍を振り回すアルデスは、元気一杯の様子だ。

終焉偽竜はある神の腹を食いちぎり、またはある女神の舌を引き抜き、あるいは八つ裂きにされ、氷漬けにされ、燃やされ、殺し殺されを絶え間なく繰り返す。

この戦いの中で終焉偽竜も学習しているのか、その戦い方に多様性が生じていた。

中にはアルデス達のような人型を真似た者、あるいは獅子や虎といった獣を真似た者、より竜種らしい姿へと変わる者など。

形態の変化に合わせて戦い方にも差異が見られはじめた終焉偽竜だが、それでいて腹が立つくらいに動きは統率されており、立派な軍勢として機能している。

相互に連携して弱点を補い、長所を伸ばす戦い方を急速に学び、実践し、さらに新たな戦術や戦闘形態を披露する。

そんな終焉偽竜との戦いが長引けば長引くほど敗色が濃くなるのを、多くの者達が感じはじめていた。

だからといって心が折れるわけもないのが、豪快に笑いながら槍をぶん回す、あの戦神だ。

「ぬっはっはっはっは！」

眷属である多く種族の勇者達を引き連れ、一際巨大な終焉偽竜の心臓をぶち抜いてみせたアルデスは、楽しくて堪らないと大笑いする。

彼の目に留まり、死後に魂を引き上げられて神の領域に至った元人間や元エルフ、元獣人などから成る勇者達も、主神に後れを取るまいと奮戦《ふんせん》していた。

愛用の魔剣に霊槍《れいそう》、聖弓《せいきゅう》、縄、鞭、戦輪《せんりん》、本、網、人形、あるいは自身の肉体そのものと、多種多様な武器を使って、終焉偽竜の群れを相手に死を厭わぬ戦いを演じている。

終焉偽竜の爪や牙、あるいは毒や瘴気《しょうき》を浴びて傷を負った者には、後方に控える神々から治癒《ちゆ》の奇跡が施され、その場からほとんど下がらぬまま前線に再突入する。

双方無限の物量戦とも言える様相だが、状況を考えれば、やはり神々と竜種の連合側が不利だろう。

ドラン達はかろうじて終焉竜に痛打を浴びせる手段を見出したが、終焉竜は彼らほど苦労する事もなくドラン達の肉体をあっさりと破壊出来るのだから。

万が一にも始原の七竜が終焉竜に敗れれば、次の瞬間には神々と竜種の連合は消滅してもおかしくはない。

しかし、勝ち戦も負け戦も等しく楽しみ、愛しているアルデスにとっては、その結末に至ったとしても、それはそれで良しと感じられるのだった。

「これは指揮官相当の個体がいるというわけではないな！」

「全体で意識を共有しつつ、機能を一部の個体に集中させて指揮・統制を計っていますな」

アルデスの言葉に応えたのは、弓使いながら最前線に出て無限に矢を射続けているアミアスだ。

彼女の愛馬ならぬ愛鹿も、全身に神気を漲らせて、襲い来る終焉偽竜を蹄《ひづめ》で蹴り飛ばし、頭部や五体を吹き飛ばす活躍を見せている。

「おう。これでは指揮官と思った奴を叩き潰しても、他の奴がすぐに役割を引き継いでしまって意味がないわ。まったく、こういうしぶとい手合いというのは、どこにでもいるものだな！」

「まあ、別段珍しくもなんともない芸当ではありますが、それをやるのが終焉竜の眷属となると、これは手強いと評するだけではすみませぬぞ」

口を動かす間もアミアスの目と手は動きを止めなかった。

彼女の権能によって無限に生み出される矢は、時に縦横無尽の軌道を描いて、前後左右あらゆる方向から終焉偽竜の醜悪な体のあちこちに命中する。

矢が刺さった瞬間、終焉偽竜の硬質の皮膚は弾け飛び、その衝撃によって肉片や血飛沫《ちしぶき》が生じる間もなく消滅する。中にはそのまま肉体を貫通する矢もあり、一撃一撃の威力の凄まじさを物語っていた。

弓矢の扱いに関しては兄アルデスを上回るアミアスの弓術は、この死地において極限の冴えを見せている。

ただ射るという動作を極め、さらにそこから果てなく成長し続けるのが、このアミアスという至高の射手だ。

「役割分担と連携と絆《きずな》の力でなんとかするか?」

ほとんど冗談で口にしているアルデスに、アミアスは厳しい視線を送る。

死地であればあるほどそれを楽しむ悪癖が兄にあるのを、妹は嫌というほど知っていた。

役割分担と連携はまだしも、絆に関しては欠片も本気では言っていないだろう。

この状況でよくもそんな口が利けるものだと、アミアスは呆れながら兄を叱責する。

「兄上はお一人で戦って、戦って、戦い抜きたいというのが本音でしょうに……。薄っぺらな気持ちで絆など口にされますな。それを重んじる者達に対して、大変な侮辱でありまするぞ」

愁眉《しゅうび》を寄せるアミアスに、アルデスは一瞬だけきょとんとしてから頭を下げる。

「んん、別に誰かを嘲るつもりはなかったが……いや、これは俺の考えが足りなかったわ。お前にまた一つ教えられたな。だが、流石は俺の妹。俺は自分だけで存分に戦い抜きたいと、いつでも、どの戦場でも思っている」

その果てに負けて死のうが、勝って生き残ろうが、どうでもいい。それどころか、勝敗や生死すら考えていないのが、この戦の化身《けしん》だ。

仮に終焉竜に敗れて、己のみならず妹も眷属も友も信徒も、世界の何もかもが終わろうとも、存分に戦った後の結果なら本望《ほんもう》。

仕方がないと言いながら大笑いするどうしようもなさが、この神の本質の一つなのである。

そんなアルデスの言葉に、愛馬が嘶《いなな》いて不服を訴えた。おい、俺を忘れるなよ、といったところか。

「ははは、そうだな。お前とこの槍を忘れてはならんな！　しかし、しかし、終焉竜か……。出来れば俺も挑んでみたい相手だが、さて爪の一振り、牙の一噛みを使わせる事も出来んほどに差があるとは、なんと不甲斐ない。さしもの俺も、これでは自分に終焉竜への挑戦を許せそうにはないぞ！」

「まったく、この場においては、兄上がそのように自重《じちょう》してくださったのは幸いでしたな。力が及ばぬのが悔しいのは、私も同じ気持ちではありますが……」

悔しさと屈辱の滲むアミアスの瞳には、一塊となって終焉竜に体当たりを仕掛けるドラン達の姿が映っていた。

ヴリトラの速さ、リヴァイアサンの頑健さ、ヒュペリオンの打撃力に七柱分の力を乗せ、七色の砲弾と化して突っ込んでいくドラン達。

終焉竜は振りかぶった左手に渾身の力を集約し、灰色と虹色の入り混じる拳をドラン達へと叩きつける！

直後、原初の混沌の全てが消し飛んでしまいそうな力の激突が生じ、始原の七竜と終焉竜が、互いに独楽《こま》のように回転しながら弾き飛ばされた。

肉体の半分以上を砕かれたドラン達と左肘から先を失った終焉竜は、体勢を崩しながらも即座に肉体を再生させる。

こんな事を続けてもう何度目になるのか、七竜と終焉竜は飽きずに相対する。

いまだ七竜の消耗は極微量だ。しかしそれは、既に消耗が発生してしまっているとも言い換えられる。

七竜の肉体の粉砕と引き換えに終焉竜の腕一本を破壊したのは、これまでになかった大きな成果だが、それでもまだ七竜側の方がはるかに不利なのは変わらない。

「やれやれ！　ドラン達が激突の余波も操って攻撃に転化していなかったら、巻き添えで俺達が吹っ飛んでいたぞ！」

アルデスが目の前の終焉偽竜に槍を突き立てながら、ドラン達を一瞥《いちべつ》する。

「まだドラン殿達にこちらを気遣う余裕があるのは喜ばしいですが、やはり消耗の速度は彼らの方が速いですな。何かこちらから他の形での支援を行わなければ、大変に厳しい戦況です」

「ドラン達自身、とっくにそれは承知だろうよ。あいつらにも何かしら、とっておきがあろうさ。ドラン達が諦めずに戦っている内は、俺達も諦めずに戦うのが筋《すじ》というものよ。たとえ戦いの発端が始祖竜の〝拗らせ〟だとしてもな！　ぬはははははは！」

「今頃になって、とんだ恥晒しだと、ドラン殿達は憤慨しながら戦っておられるやもしれませぬ」

「後で嫌と言うほど弄《いじ》り回《まわ》してやるとするか！　それくらいは迷惑料の内だろうよ！　おっと、俺達以外にも迷惑料をせびる権利を得ようとしている奴らが来たぞ、アミアスよ！」

冗談を言って笑っていたアルデスは、戦場に現れた新たな気配に目を向ける。

ドランや終焉竜達を囲むキューブ状の隔離結界は、内部から外へ出る事を頑《かたく》なに許さないが、外部から内部へ入る場合には一切の邪魔が入らない。

意図的な欠点を持たせて、結界の堅固さを増すという手法は、神々や竜種の領域の戦闘においても有用だ。

「む、ハーデス殿に閻魔殿、冥界の方々がおいでになられましたか。地獄に繋がれている亡者達も随分と連れて来られたご様子。この戦いへの参加が刑罰の一つというわけなのでしょうか」

「武功を挙げれば減刑する、程度の餌《えさ》はぶら下げているかもな！　ま、これで手数が増えた。もっともっと戦い続けられるというものよ！」

アルデス達が口にした通り、最高位の神に相当するハーデスと閻魔、彼らに準ずる高位の神々が率いる冥界の戦力が、遅ればせながらこの空前絶後の決戦場に姿を見せたところだ。

神々だけでなく、地獄の縛《ばく》に繋がれていた古の――忌まわしいが強さは折り紙付きの――亡者達も数え切れぬほどいる。

極彩色の空間が神々にも見通せぬほど続く原初の混沌の中にあって、冥界の軍勢は周囲の熱や色の全てを吸い取り、凍らせてしまうような妖気《ようき》が漂《ただよ》う異質さがあった。

黒曜石や紫水晶を思わせる鎧と武器で揃えたハーデス麾下《きか》の軍勢のなんたる壮麗《そうれい》さ、なんたる気品、そしてそれ以上に発せられる冥界の管理者たるに相応しい力強さ。

そして閻魔が率いる裁判を司る十王をはじめ、肌の色や美醜も体躯の大きさも多様な鬼達の威容《いよう》は、亡者のみならず、終焉偽竜達も怯みそうなほどである。

彼らに罪が許されるまで延々と呵責を受ける罪ある亡者達はと言えば、ハーデスと閻魔の制止がなければ今にも終焉偽竜に襲い掛からんばかりの勢いだ。

ハーデスは隔離結界の中心部で戦い続けているドラン達を見た。

腹の中に手を突っ込まれ、そのまま内臓を引きずり出されたドランが、自ら腸《はらわた》を引きちぎり、それを爆裂させて終焉竜の手から逃れる。

口と腹から滝のように血を吐くドランだが、まだまだ闘志も力も萎《な》えておらず、終焉竜を相手に勝利を諦めていない。

残る六竜も終焉竜にあらん限りの力をぶつけていた。

「実際に苦戦ぶりを目《ま》の当《あ》たりにしても信じ難いものだが、なればこそ気合を入れて掛からなければならんな」

ドラン達が戦い続けるのであれば、友として、この世界の住人として、神として、ハーデスもまた諦めるわけにはいかない。

彼は腰に提《さ》げた長剣を抜き、接近してくる終焉偽竜の群れへと、漆黒《しっこく》の輝きを纏う刃の切っ先を向ける。

「冥界の管理者たるハーデスが告げる。我らの眼前にはびこる終焉の名を冠する命無き者達に死を与えよ。我らの与える死が命無き者への慈悲である。死は命あるものに訪れる終わりである。死を与え、終焉のケダモノ達に命とは何か、生とは何か、理解させる慈悲を与える事をハーデスが許す。

冥界の戦士よ、亡者共よ、我に続け！」

先陣を切るのはハーデス。終焉偽竜達は新たな獲物を前に様々な鳴き声を上げながら分裂し、増殖しながら迫る。さながら地上の全てを呑み込まんとする世界終末の日の大津波のような勢いと迫力だ。

もしここで敗れれば、終焉竜によって冥界にすら終わりがもたらされるのは、紛《まぎ》れもない事実である。

ハーデスや閻魔のみならず、彼らに付き従う眷属達は改めて状況を理解し、実感する。

彼らに許されるのは勝利のみ。たとえこの場で消滅するとしても、勝利する以外に道はないと、主神から末端の兵士に至るまで全員が心得ている。

主神に後《おく》れを取るのを良しとする腑抜《ふぬ》けはハーデスの軍勢にはおらず、黒曜石を思わせる鎧を纏った軍勢は雄叫《おたけ》び一つ上げずに、静寂と共に駆け出す。

だが、静謐《せいひつ》なる死の具現とでも評すべき冥界軍を前にしても、命なき終焉偽竜達は怯む様子を見せない。

死者の世界を支配する冥界の軍勢を目にすれば、生ある者は皆、迫りくる死を前に魂と体が萎《い》縮《しゅく》するものだが、魂も命もない終焉偽竜にそのような反応はあり得なかった。

「我が君の命である。疾《と》く死を享受し、生を理解せよ」

冷厳なる声音で終焉偽竜の大群に告げたのは、死を司る数多くの神々の中でも最古にして最上位に位置するタナトスだ。

彼女も、今は日頃の男装姿から鎧姿へと装いを変えている。

タナトスが振るう鎌は、命を刈り取る道具というイメージから作り出された代物であり、彼女の有する神としての権能、特権の具現化したものと言える。

しかし、命を刈り取る大鎌は、命を持たぬ存在に有効なのか？

その疑問の答えは、大鎌の一閃《いっせん》を受けて、次々とその場で消滅していく終焉偽竜達の姿が示していた。

「偉大なるハーデスは、お前達に死を賜ると告げられた。なれば粛々とこれを受けよ。私は死、私はタナトス、私が触れるモノ、私が見るモノ、私の吐息が届くモノ、森羅万象《しんらばんしょう》、有象無象《うぞうむぞう》、一切合切死すべし！　我はタナトス、我は死なり！」

終焉をもたらす始祖竜の遺志が生み出した眷属であろうと、タナトスの権能はひたすらに〝死〟という概念と現象の具現化に特化している。

命があろうがなかろうが関係ない。

道具であればその用途に不具合をもたらして道具としての死を与え、形のない概念であろうともその概念そのものを否定して死を与える。

当然、命なき者にも。あらゆる機能を終わらせて死という状態を付与する。

死を知らず、死の概念を持たないはずの終焉偽竜が、タナトスの鎌にかかればその目を閉じ、口を閉じ、翼を閉じ、その役割に終止符を打つ。そうして次々と死んでいく。

他の神々が与えるのがいわば破壊や消滅であるのに対し、死の女神はその権能と存在意義を存分に揮って、終焉偽竜達に死という慈悲を与え続けていった。

そして妹の活躍に負けてはならない、と張り切ったかは定かではないが、眠りを司る大神ヒュプノスも彼のやり方で慈悲を体現する。

数えるほどしか纏った事のない鎧に身を包み、無手のまま、迫りくる終焉偽竜に優しく声を掛けた。

「お眠り」

親が幼い我が子を寝かしつけるように優しく。

「お眠り」

瞼を閉じた病床の人間に告げる別れのように優しく。

「お眠り」

辛い現実など忘れて幸福な夢の世界へおいでと告げる悪魔のように優しく。

小さく柔らかなヒュプノスの体に牙や爪を突き立てんとしていた終焉偽竜の津波は勢いを緩め、

ヒュプノスに届く前に完全に脱力して眠りに就いて行く。

本来、神々と竜種を殲滅《せんめつ》し、結界を破綻《はたん》させる為だけに生み出された終焉偽竜に〝眠り〟という不要な機能は持たされていない。

にもかかわらず、終焉偽竜達に本来なら持ちえない眠りを与えたのは、タナトス同様にヒュプノスの眠りの神としての権能によるものだ。

「お眠り。そのまま二度と目覚める事のない眠りの世界に迷い込んで、眠りと目覚めの境界もない世界に落ちていくんだ」

あり得ない眠りの世界に落ちた終焉偽竜達はどんな夢を見ているのか、不気味なその顔には安らぎさえ浮かんでいる。

そして、徐々に彼らの肉体が薄らいで、反対側の景色が透けて見えるようになり、見る見るうちに終焉偽竜達の肉体は消失していった。

彼らは夢を見たのだ。与えられた役割を誰にも邪魔されずに全うし、自分達以外の全てが消滅した世界の夢を、そしてついには自分達にも終焉をもたらす夢を。

ヒュプノスの与えた夢に囚われた終焉偽竜達はそのまま、おそらくはこの場で最も安らかに消え去っていった。

死と夢を司る二柱の神の活躍は終焉偽竜達の機先《きせん》を制し、残る冥界の猛者達《もさたち》は主神の命令を忠実に実行すべく、自らもまた死の危険を冒しながら襲い掛かっていく。

その軍勢の中にあって、さながらアルデスの如く、最も前に出て縦横無尽にして獅子《しし》奮迅《ふんじん》の活躍を見せたのは、ハーデスに他ならなかった。

「ふっ！」

短い吐息が美丈夫《びじょうふ》の唇から発せられた瞬間、その周囲に無数の剣閃《けんせん》が立体的に描かれた。

それに触れた終焉偽竜達の硬質な皮膚や鱗、あるいは粘液《ねんえき》に包まれた肉塊が、鏡のような断面を晒しながらズレていく。

終焉竜に由来する圧倒的な再生能力と不死性は、ハーデスの斬撃の前に機能を停止し、肉片一つ残さずに消える。

神の域のさらにその上にも届かんばかりのハーデスの技の冴えに、戦神や武神やその眷属達でさえも、戦いの手こそ止めなかったが視線を向けずにはいられなかった。

「こうして振るうのは久しいが、腕は錆《さ》びついていないな。私もまだまだやるものだ」

手中の愛剣の重みを感じながら、ハーデスは数えるのが馬鹿らしくなる数の終焉偽竜達へ視線を向け、悠々と歩を重ねる。

「終焉竜と比べれば雲泥の差だな。始原の七竜以外にはこの程度で充分と侮られたというところか」

再びハーデスが長剣を右から左へ真一文字に一振りする。

刃の間合いに終焉偽竜の姿はなかったが、斬撃の軌跡の延長線上に居た全ての終焉偽竜達の体に線が走り、真っ二つに斬り裂かれた。

届かぬ刃で届かぬ敵を斬る。剣を振るう者が目指す頂の境地の一つであろう。

ハーデスを真似てか、一部の終焉偽竜が、手に短剣、小剣、長剣、大剣、太刀《たち》と多様な刀剣を握り、さらに人型に近い姿へ変化した。

それらを一瞥しながら、ハーデスはドランへの詫《わ》びを口にした。

「さて、友よ。雑兵は同じく雑兵である我らが引き受けよう。すまんが、大将首を取れるのはお前達だけだ。他人を頼りにする他ないとは……これほど情けない思いをしたのは初めてだ」

あらゆる世界の命運を友の両肩に委《ゆだ》ねる上に、その手助けもろくに出来ないとあっては、これを情けないと言わずしてなんと言おう。

嘆《なげ》くハーデスの四方八方より、長さも厚みも鋭さもバラバラな刀剣を構えた終焉偽竜が、飢《う》えた肉食魚のように群がった。

あまりに密集しすぎてお互いの体に刃を突き刺し合う間合いだったが、負傷や消滅を恐れない終焉偽竜達に躊躇はない。

相手は上位の神の領域に達した終焉のケダモノ共。いかにハーデスといえども、孤剣一振りでいかにこの窮地《きゅうち》を脱するか？

しかしハーデスは逃れようとはしなかった。

文字通り、孤剣一振りをもって切り開いたのだ。

迫り来る終焉偽竜達の体に次々と奔る直線と曲線の入り混じる複雑怪奇な線。それこそが神の中にあって頂点を競う剣士――ハーデスの絶技だ。

刃が増えたわけでもない。腕が増えたわけでもない。武器たる長剣とそれを操る自身の肉体のみをもって、襲い来た終焉偽竜達を数千、数万の肉片に細断する！

もはや彼の間合いに入る事それ自体が、死をもたらす儀式と化していた。

ハーデスという黒い輝きに魅《み》せられたように迫る終焉偽竜達は、等しく死という対価を支払い続けている。

「さて、命運尽きるまで刃を振り続けるとしよう。今ばかりは冥界の神ではなく、ただの剣士としてこの場に在ろう」

ハーデスの剣撃により無数の終焉偽竜に死がもたらされる一方、地獄から連れ出されてこの極限の戦場に駆り出された亡者達もまた、その力を揮っていた。

一歩踏み出す度に強い腐敗臭のする黒い粘液を滴《したた》らせながら、全身に血文字で呪文の書かれた無数の札を太い釘で打ち付けられた亡者が、終焉偽竜達の下へ緩やかに歩む。

幾重《いくえ》にも重なり合う札の合間から覗くのは罅割れるほどに乾いた肌、それとは正反対にたっぷりと水分を含んでぶよぶよと膨れた肌。その手足には焼け焦げた箇所もあれば、今も緑や紫、黄色に泡立っては弾ける部分もある。

無造作に伸びた黒髪は、錆びのような色に変色した血と、流れたばかりの新しい血の二色で濡れている。

そしてもはや正気を欠片も残していないであろう黄色く濁った一対の目は、喜怒哀楽、憎悪、妬《ねた》み、憧憬《しょうけい》……あらゆる感情と異なるものが宿っていた。

「あらしぐがあるうおえいこぉあこかえるるらえ」

意味を成さない音の羅列《られつ》を札の下から漏らしながら、ソレは進む。

呪うべき相手も、憎むべき相手も、愛するべき相手も分からず、ただただ進む。

爪を剥がされ、焼けた釘と凍った釘を何本も打ち付けられた二本の足が、ひたひたと音を立てて動くのに合わせて、色彩の渦巻く空間に絶対的な黒い粘液が点々と続いていく。

「れれぇえくぁいいごおおいつつうしいいごどもらざわおおお」

とある世界において、神々と、世界そのものと、あらゆる生命の原種を生み出した偉大な母なる女神。それがこの釘で札を打ち付けられた彼女だ。

数多の神を生み、生命を生み、世界を生んだ全ての生命の太母と呼ぶべき女神は、しかし、ある日を境に自分の生んだ全ての存在に対して、自身の胎内への回帰を求めはじめる。そしてそれに応じない全ての者を、相手の意思を無視して強制的に取り込むようになってしまった。

母性の究極的な発露《はつろ》の一つの形かもしれないその凶行を前に、数多くの生命と世界そのものが消えていった。

最終的に、子供らによって無限の呪詛と怒りを込めた札と釘を用いて封じられ、殺害されたこの女神は、それ以来、冥界の最下層に封印されていたのである。

正気を失ったかつての生命の母たる女神は、自身の胎《はら》の中に戻し、守り、愛し、一生そこで育《はぐく》み続ける子供を求めて、黒い呪い塗れの血を滴らせながら徘徊《はいかい》を続ける。

黄色く濁った瞳には、この戦場がどのように映っているのだろうか。

「どごいふういいおがあざがだぎぎめぐだげよるいあをいう」

慣れる事も和《やわ》らぐ事もない無限の苦痛を延々と与えられ、地獄に封じられていた時と変わらぬ苦しみの中で、女神は愛しい我が子を求めて彷徨《さまよ》い続ける。

そして、これを無視する終焉偽竜達ではない。

凶行の果てに地獄に落とされた女神であろうと、彼らにとっては終焉をもたらすべき対象であるのになんら変わりはないのだから。

終焉偽竜達は神々やその眷属達の血で濡れた牙や爪を開き、無防備に彷徨い歩く女神へと殺到し、一切の容赦なく弱り切ったその肉体に噛みつき、引き裂こうとした。

ぞぶぞぶ、と音を立てて、終焉偽竜達の牙や爪が札の奥に隠れている女神の肉を深々と抉っていく。

一方で、終焉偽竜達は女神を覆う札と釘に触れる度、それに込められた呪詛の影響を受けて体のあちこちが腐敗し、焼け焦げ、凍てつき、風化し、呪われて深刻な傷を負う。

それでも彼らに躊躇はなく、女神への攻撃をやめようとする様子は欠片もなかった。

彼らに痛みや苦しみ、暑さや寒さを感じる機能は最初から持たされていない。

そんな機能は恐怖や愉悦のような感情と同じく不要であると、端《はな》から与えられていないのだ。

終焉偽竜達はどれだけ我が身が傷付こうともそれを省《かえり》みる事もなく、自らの消滅を甘受《かんじゅ》しているかのように攻撃の手を緩めなかった。

札と釘の呪詛に加えて終焉偽竜からの攻撃も重なって、新たな苦痛は確かに生じているというのに、女神の心にもたらされたのは久方ぶりの歓喜であった。

その証拠に、黄色く濁った瞳から黒と赤の入り混じる粘っこい涙を滝のように流しはじめている。

「ぎいぎあああふぉぼらぢあげだらくどぉがげげぐびだああ」

女神は喜びの声を上げながら、愛しい我が子と錯覚した終焉偽竜達の体に手を回す。

それでも足りない分は、彼女の体から流れる呪詛と毒に満ちた血が、悪臭を発しながら終焉偽竜《愛しい我が子達》

へと絡みついていく。

終焉偽竜から与えられる苦痛よりも歓喜と愛しさが勝り、かつての女神は我が子達を自身の胎の中へと回帰させる事しか考えられない。

札と札の合間に僅かに覗き見える女神の地肌に終焉偽竜が触れると、そこに深淵の穴でも開いているのか、彼らは次々と女神の体内……いや、胎内へと呑まれていった。

当然、終焉偽竜はこれに呑まれまいと抵抗し、激しく暴れて女神の体のあちこちに傷をつけるが、彼女が感じている喜びは覆《くつがえ》せない。

この女神をはじめとして、地獄の最下層から引きずり出された亡者達は、冥界の呪詛によって、どれだけ傷付こうとも死なないように強力な再生能力を与えられている。

それこそドランや終焉竜といった格上の存在でもなければ、亡者達に〝新たな死〟を与える事は出来ない。

「うでづういいうでうじじいいごどぼぎゃづががぎっぎたあああ」

終焉偽竜の攻撃によって確かに傷付きながらも、我が子を求め続ける女神は、苦痛を忘れ、この戦いの意味さえ知らぬまま彷徨い続ける。

再び地獄の最下層に封じられるか、あるいは終焉竜によって有無を言わさぬ絶対の滅びを与えられるその瞬間まで。

終焉偽竜に猛威を振るっているのは、この女神だけではない。

毛髪が抜け落ちて頬《ほお》のこけた頭が三つあり、痩《や》せ細《ほそ》った六本の腕を持った亡者は、己以外の全てを食らいつくさんとした暴食の魔神の成れの果てだ。

地獄の一つ、餓鬼道《がきどう》に落とされた魔神は、針のように細い喉に食べ物を通すべく、群がり来る終焉偽竜達に枯れ木のような腕を伸ばす。

膨らんだ腹には何本も歯の抜け落ちた巨大な口が開いており、骨と皮だけでこれっぽっちも力の入らないはずの腕が、恐るべき速さで終焉偽竜達を放り込んでいる。

「あ……あ、あ……ああ、あ、あ‼」

かつていくつかの世界を恐怖と絶望に陥《おとしい》れた魔神の威厳は欠片もなく、そのみすぼらしい姿は、満たされない飢えと渇きに苛まれた餓鬼そのもの。

終焉偽竜達の短い悲鳴を口の中に木霊《こだま》させながら、魔神は極限まで擦り減り、削られた体で力を振り絞る。

終焉偽竜の硬質の皮膚も、新たに作られた鱗の鎧も、それがどんなに硬くとも構わずに歯を立てていく。

地獄の最下層から解放された彼にとって、永劫の果てに与えられた待望の食物なのだ。

それが終焉竜の眷属であろうと、どうしてこれに執着せずにいられよう。

なんとしても目の前の終焉偽竜を食ってやろうと、魔神は口内に溶解液代わりの唾液を大量に分泌する。終焉偽竜が皮膚や鱗をそれに適応させてくれれば、今度は力ずくで粉砕せんと顎の筋力を強化し、歯をより鋭利なものへと変えていく。

そうした鼬《いたち》ごっこを続けて、目の前の食物を貪る魔神は、背後から回り込んできた別の終焉偽竜の群れに三つの頭部を潰され、背骨を砕かれた。

しかし、冥界から与えられた不死性は魔神に終わりを許さず、新たな苦痛と空腹に苦しむ時間は続くのだった。

これ以外にも、地獄の最下層に封じられていた亡者達が溢れ出して、終焉偽竜達とこの世の終わりでもあってはならないような悍《おぞ》ましい戦いを繰り広げている。

全身から絶えず血を流し続ける幽鬼の如き戦神、無数の髑髏《どくろ》と骨で構成された死神、鱗を持たず体のあちこちから水晶状の物体を生やしている竜など。

彼らにとってはこの戦いさえも地獄の責めの一つであるのか、亡者達は望むと望まずとにかかわらず前線に放り出されて、終焉偽竜達から苛烈な歓迎を受けている。

女神や魔神のように傷付けられながらも相手を葬っていく強者もいれば、地獄の責めで弱り切り、為《な》す術《すべ》もなく蹂躙され、それでも死にきれずに攻撃を受け続けている者もいる。

不幸中の幸いは、そういった倒されても倒されても死にきれない亡者達がいるお蔭で、終焉偽竜達の目標が変わり、これまで戦っていた神々と竜種への圧力が減じた事だろう。

亡者達は囮と壁役を見事に果たしているわけだ。

ハーデスは既に一千回を数えた斬撃で、一際小さな体へ分裂した終焉偽竜の群れを纏めて斬り捨てながら、亡者達の蹂躙と活躍を横目に見ていた。

「かつての最高神、かつての大神、かつての勇者達。かつての栄光はもはや見る影もない亡者共。今を生きる者達の未来の為に戦う事になんの喜びもあるまいが、地獄の外に出られる唯一の好機だ。存分に暴れるがいい。さて、問題はドラン達だが……」

ハーデスは終焉竜と死闘を続けているドラン達に目を向け、秀麗《しゅうれい》な線を描く眉根を寄せる。

戦に参加させる為にわざわざ足を運び、何度も言葉を交わしたバストレルは、この場にいなかった。

始原の七竜と終焉竜の戦いに加われる可能性がある存在を連れてくる事は、とうとう叶わなかったのだ。

第三章――――残された者達

ヴァルキュリオスに乗ってベルン村郊外に到着したクリスティーナ達は、その場ですぐに解散して、動きはじめた。

彼女達には、原初の混沌に移動したドランと邪神達がどのような戦いを繰り広げているかを知る術《すべ》はないのだから、各々の出来る限りの事をしようというわけだ。

真っ先にヴァルキュリオスから降りたクリスティーナが、後に続くセリナに指示を出す。

「すまないが、セリナはカラヴィスタワーへ行って、ドライセン達がまだいるかの確認と、リリさん達への情報共有を頼みたい」

その名が示す通り、大邪神カラヴィスが建造したカラヴィスタワーは、ベルン領内にありながら、神・魔・人の境界の薄い特異な性質を持っている塔だ。

探索の為にそこに常駐している冒険者ドライセンは、他ならぬドランの分身体である。しかも、アレキサンダーやマイラール、クロノメイズといった女神達が彼のパーティーの一員として行動を共にしていた。

そのドライセン達の姿が確認出来れば、今回のドランの異変について新しい情報が得られる可能性がある。

セリナもそれを理解しているので、異論はなく力強く頷き返す。

「はい、分かりました！　もしドライセンさんが見つからなかったとしても、マイラール様やクロノメイズさん、それにアレキサンダーさんなら、何か知っているかもしれませんしね！」

元気よく応えたセリナの次にヴァルキュリオスから飛び下りたディアドラが、落ち着いた様子で口を開いた。その表情と等しく、彼女の心の水面は平静を保っていたが、何かの拍子で荒れ狂う寸前の危うい均衡であるのは、改めて語るまでもない。

「それじゃあ、私はユグドラシル様経由で、精霊界の様子を探ってくるわ。あちらの方が竜界や天界に近い分、高次元の世界の情報を得られるでしょうし」

そして王宮への報告書と記録を脳内で作り上げているドラミナが、各々の行動について改めて纏める。

「セリナさんとディアドラさんにはそちらをお願いして、リネットさん達にもベルンで何か変化が起きていないか、確認していただきましょう。ここはドランが戻ってくる候補地の筆頭ですからね。異変があっては事です」

ドランに仕《つか》えるリビングゴーレムの少女リネットは、屋敷のメイド兼ベルンの騎士として日頃から村の警備を担っている為、この仕事に適任である。

「それから私はガロアに向かい、レニーアさんと接触を試みます。クリスティーナさんは申し訳ありませんが、こちらに残って聖法王国との戦後処理をお願いします。しばらくはアークレスト王国でも混乱が続くでしょうが、いずれは私達からも報告しなければなりませんし、今から備えておく必要があります」

「分かっているよ、ドラミナさん。それに……ベルンに戻ったら義父上《ちちうえ》や義母上《ははうえ》にもドランの事をお伝えしなければならない。一人では心細いにも程があるから、皆、早めに戻ってきておくれよ」

実の息子が行方不明だと両親に伝えに行かねばならないとは……クリスティーナならずとも気が重いだろうと、誰もが納得した。

このように、ドランとの連絡が一切絶たれるという初めての異常事態に直面しても、セリナ達は行動する事を忘れなかった。

——必ずしも結果が伴い、それが報われるとは限らなかったが。

†

最低限の打ち合わせを済ませると、クリスティーナを除く三人は一刻一秒を惜しんでベルン村を離れ、自身の持てる最高速度の移動方法でそれぞれの目的地を目指した。

セリナは人目も気にせず、半竜化した特異な姿のまま白い翼を広げて音よりも早く空を飛んだ。かろうじて超音速飛行によって生じる衝撃波を相殺し、周囲に悪影響が出ないようにする保護魔法を行使する理性が残っていたのは幸いだ。

それでも彼女の心の中では、いくら呼びかけても返事のないドランへの不安が、際限なく膨らんでいた。

「ドランさん、ドランさん、どうして返事をしてくれないのですか？　返事が出来ないくらい大変なのですか？」

セリナの青い瞳は七色に煌《きら》めき、黄金の髪も純白へと変わっている。

既にラミアという種の限界を超えた力を持っていた彼女だが、この状態ともなれば竜界に住む上位の竜種達に近い次元に到達する。

そこまでドランの古神竜の力を受け入れた状態となってもなお、彼に声が届いた実感がない。返事がまるで受け止められない。

こんな経験は初めてだった。

ドランが人知れずセリナ達の目の届かない戦場へ赴いて戦った事なら、過去に何度かあった。

しかし、こちらから呼びかけているにもかかわらずなんの応答もないのは、そしてこんなにも不安な気持ちがどんどんと膨らんでいくのは、初めてだった。

あるいはその不安は、ドランとの繋がりを通して伝わる彼の緊張を感じたからこそ生じているのかもしれない。

いずれにせよ、今のセリナ達はドランの無事を確信出来ないという、初めての事態に陥っていた。

これまでは、ドランの身を案じるとしても、心のどこかには絶対に無事だ、必ず勝利するという確信が存在していたのに、今はそれが揺らいでいる。どっしりと根を張った大樹ではなく、今にも朽《く》ちてしまいそうな腐りかけの樹木のように。

不安に突き動かされて急ぐセリナは、あっという間にカラヴィスタワーへと到着した。

彼女はすぐさま塔内に存在する中核都市インラエンの市庁舎へと向かって、都市を管理運営するドラグサキュバスの女神リリエルティエルと面会を取り付ける。

リリエルティエルは元々サキュバスの女神でありながら、率先してドランの力を受け入れて、自分の眷属達共々、ドラグサキュバスとして存在を変質させた。

見方によってはセリナ達以上にドランとの繋がりが強い。

そんな事情もあって、セリナの眼差しにはどうしても嫉妬《しっと》の念が混じってしまう。しかし、彼女の複雑な期待を、リリエルティエルの態度が裏切った。

「セリナ様、一体どうなされたのですか？　そのように慌てていらっしゃるなんて」

貴賓室《きひんしつ》に通されたセリナを、今日も美しく、神々しく、そして淫《みだ》らな女神が戸惑いながら歓迎した。

セリナが慌てて訪ねてきた理由に、まるで心当たりがないようだ。

豪奢な部屋の椅子に腰かけていたセリナは立ち上がって一礼すると、挨拶の言葉を交わす間も惜しんで口を開いた。

「――というわけで、デウスギアという星からやってきた人を乗っ取っていた悪い神様達が、ドランさんをどこかに連れていってしまったんです。ドラッドノートさんがそれだけは教えてくれたのですが、具体的にドランさんがどこにいて、どうなっているのかは分からなくって。一応、原初の混沌のある次元にいるらしいとは推測しているのですけれど、それ以上は……」

話を聞き終えたリリエルティエルは、セリナが思わず心配するほど真っ青な顔色で、全身を細かく震わせる。

彼女にとって今のセリナの話は、ドランに発見された時に匹敵する衝撃だった。

古神竜ドラゴンの直系の眷属となった彼女は、彼の力の凄まじさを――ある意味セリナ達以上に、魂の底から理解している。

そのドランが相手の意思によって移動させられたというのは尋常ではない。彼が瞬殺出来ないような力の主など、一体どれほどのものか、想像するのも困難だ。

ひどく取り乱すリリエルティエルを案じ、セリナは彼女の隣に腰かけて肩を優しく抱き寄せる。

「いきなりこんな話をされて、驚きましたよね。ごめんなさい。不安にさせるつもりはなかったのです。私達は今、あらゆる伝手《つて》を使ってドランさんの状況を確かめる為に動いています。ドランさんのお力の一部を持っている私達は、彼の無事を確信は出来ないけれど、同時に負けたとも感じていません。魂まで変質させたリリさん達なら、より強くドランさんとの繋がりを感じられませんか？」

「そ、そうですね、確かにセリナ様の仰る通り、魂の深部まで引きずり込――んん、お捧げした私達は、ドラン様の眷属として極めて強固な霊魂の繋がりを有しております」

（今、引きずり込んだって言おうとしたなあ。あの時はドランさんも罠に嵌《は》められたって、落ち込んでいたっけ……）

それほど日が経ったというわけでもないのに、リリエルティエル達がドラグサキュバスとなった時の事が妙に懐《なつ》かしく感じられる。

セリナは柔らかく微笑んで、話の続きを促す。

「恥ずかしながら、セリナ様がご来訪されるまで私は異変を感じませんでした。しかしそれは、ドラン様が健在であらせられる証拠と言えるでしょう。ドラン様との交信こそ叶いませんが、あの御方の無事は間違いございません」

力強く断言するリリエルティエルの言葉に、セリナは心の中を満たす不安が少しだけ薄まるのを感じた。

そこで緊張の糸が切れたのか、セリナは魂が抜け出しそうな安堵の息を零し、とうとう涙を流しはじめる。

「良かった。私達以外にドランさんの無事を断言出来る人がいてくれて。本当に……良かった……です」

今度はリリエルティエルがセリナの体を抱きしめる番だった。

……しかし、ラミアの少女の安堵は、決して長く続きはしなかった。

†

ベルン村の屋敷に戻ったクリスティーナは、出迎えたリネットと、彼女が面倒を見ている人造人間ガンデウス、キルリンネに対して、その場でドラン不在の件を伝えた。彼女達には村の警備を厳重にし、異変がないか調査するように命じて、すぐに事に当たらせる。

一方で、不要な混乱が広がらないように、その他の執事やメイド達には詳細を伏せたままにした。

執務室の椅子に座ったクリスティーナは、大きな溜息を一つ。

彼女の腰に収まったドラッドノートは、現在も持てる全機能を行使して、原初の混沌の観測を試みているが、先程から沈黙したままだった。

この様子から見ても、経過は芳《かんば》しくないようだ。

何か出来る事はないか、何か……それだけがずっと頭の中でぐるぐると渦を巻いて、クリスティーナの心に際限なく焦燥《しょうそう》を募《つの》らせる。

そんな主の精神状態を分かってはいたものの、ドラッドノートは今まさにその焦りを解消する為の行動に全身全霊を注いでおり、慰《なぐさ》めの言葉一つ掛けられずにいた。

部屋に置かれた止まり木の上では、不死鳥の幼体――ニクスが、クリスティーナに心配そうな視線を向けている。

彼はクリスティーナの使い魔であり、長年苦楽を共にしてきた家族でもある。姉、あるいは妹のようなクリスティーナの精神的不調を痛いほど察しており、どうにか気を紛らわせてやれないかと思案に耽《ふけ》っていた。

（急にどこかへ行って帰ってきたと思ったら、難しい顔をして椅子に座ったまま。ドラン君もセリナちゃん達も居ないし、全員バラバラで何かしているのかな？　クリスがあんなに不安がっているのなんて、それこそお母さんと死に別れた時以来じゃないか。一体、何をどうすれば、あの子があ

んなに不安で泣き出しそうな顔になるっていうんだい）

誰よりも付き合いが長いからこそ、ニクスには目の前のクリスティーナがここまでの不安に襲われている様子が不思議でならない。

確かに、一緒に出かけたはずのドランが傍にいないのは気になった。

とはいえ、あの好青年が――古神竜の生まれ変わりとは知らなくても――どんな理不尽《りふじん》も吹き飛ばす規格外の存在だという事を、ニクスはなんとなく理解していた。まさか彼が苦境に追いやられているとは思いもしていないのだ。

（ベルン村の経営はずっと安泰《あんたい》だと思っていたけれど、それとは別の話？　荒事で何か問題が起きる面子ではないから、たとえばドラン君にお嫁さんを紹介する話が他家から来たとか？　政治的に断りにくい相手からの紹介なら悩んでも仕方ないけど、今さらそれで揺らぐクリスとドラン君の仲でもないし……）

こりゃあ困ったぞ、とニクスがもどかしい思いで胸を満たしていると、不意に執務室の机の上に置いてある小さな鏡が震えた。

「わ！　なんだい、急に動いてさ。ああ、あの龍の女王様からの贈り物だっけ」

それは龍宮国を治める水龍皇《すいりゅうおう》の龍吉《りゅうきつ》から、領主就任の祝いに贈られた品の一つだった。

この他にも、龍吉からは地上のどんな国家でも得られないような貴重な品がいくつも贈られていて、屋敷の宝物庫で厳重に保管されている。

現状の打破に気を取られていたクリスティーナだが、震動の理由に思い至り、鏡の額《がく》に埋め込まれている小指の先ほどのサファイアに触れる。

「確か、使い方はこれでよかったはずだが……」

彼女は付随《ふずい》していた取扱説明書の内容を思い出しながら、鏡に向けて口を開く。

「クリスティーナです。龍吉様でしょうか？」

その声に反応し、これまでクリスティーナの悩める横顔を映していた鏡面に、彼女に勝るとも劣らない人外の美貌が映し出される。

照らす光が離れるのを惜しむほどに艶やかな黒髪、その髪を割って伸びる鹿に似た角、その神秘的な美しさを描ける画家は絶無《ぜつむ》と断言出来る顔立ち。

この星において、ドランが生まれ変わるまでは最強の一角を占めていた古龍であり、その気になれば星を砕くのはもちろん、太陽さえ破壊出来る強大な力の持ち主だ。ドラッドノートがなければ、クリスティーナでも勝ち目はない。

一方で、一児の母であり、ドランの将来のお嫁さん候補の一人という顔も持つ。ドランの恋人達の中でも一際、こう……クセの強い人物だ。

そんな龍宮国の国主たる龍吉との直通通信機器、それがこの鏡の正体だった。

通常の念話や魔法による通信手段とは異なる技術で作られたこの鏡は、魔法探知による盗聴や盗撮、通信阻害とは無縁の品であり、内緒の話をするにはうってつけなのである。

『お久しぶりです、クリスティーナさん。相変わらず——と、申し上げたいところですが、随分と思いつめた様子ですね』

鏡に映し出された龍吉は、クリスティーナをまっすぐに見つめて、すぐにその精神状態の不調を読み取っていた。

あらゆる点において経験値と才覚で上回る相手を前に、クリスティーナは最初から取《と》り繕《つくろ》おうとはしなかった。そうするだけの余裕がなかったともいえる。

むしろこの状況に何かしらの一石を投じてくれるのでは、と縋りたい気分だった。

一国の国主を相手にしていると考えると、あまり褒められた態度ではない。

もっとも、それを後悔出来る未来が訪れるか否かは、この瞬間も戦い続けているドラン達の双肩《そうけん》に掛かっているのだが。

「正直に申し上げれば、平静ではありません。今は四方八方に助けを求めて手を伸ばしている状態なのです」

『ふむ、クリスティーナさんがそこまで弱音を吐露《とろ》されるとは、余程の事態。この龍吉が出来る限りの助けとなりましょう……と言いたいところなのですが、どうやら私の話は貴女をさらに悩ませるかもしれません』

そう、今回はクリスティーナが助けを求めて連絡したのではなく、龍吉の方から連絡をよこしたのだ。

であるならば、むしろ龍吉の方こそ何かしらの助けを求めているのではないか、と考えるのが道理だ。

流石に、領主生活一年目のクリスティーナの近況伺いで連絡してくるほど、龍吉も暇ではあるまい。その口ぶりからして、どうやら龍吉でも独力では対処に困る案件が発生したと考えていいだろう。

「いいえ、既に心は切り替えました」

クリスティーナは自らに活を入れて気を引き締めると、小声でニクスに呼びかける。

「ニクス、すまないが内密の話だ。外で待っていてもらえるか?」

「いいよ。隠し事というより、僕は知らない方がいい話なんでしょう?」

そう言って、ニクスは止まり木からふぁさりと翼を広げて軽やかに飛び立ち、窓際に降り立つ。

「ああ、聞いたらニクスも後悔するような内容かもな」

「だったら、大人しく外に出ているよ。少しでも君の顔色が明るくなる話ならいいんだけれどねえ」

そんな呟きを残しながら、ニクスは器用に足の爪で鍵を開けて、そそくさと空へ飛び立っていった。

賢い家族の気遣いに少しだけ肩の荷が下りた気分になり、クリスティーナは改めて龍吉が映る鏡に正対する。

「お待たせいたしました。どうぞご用件をお話しください。私などでお役に立てるなら幸いです」

『そうですか。ニクスさんのお気遣いには感謝しないといけませんね。……では、貴女の心の強さを信じてお話しします。予想しておられるように、あまり楽しい話ではありません。現在、私共や他の竜帝や龍皇の下を中心に、ドラン様や始原の七竜様方をはじめ、竜界にお住まいの方々が交流の為に降りてきてくださっています』

「ええ、それは私もドランから聞いています。私達にとってのマイラール神やケイオス神が、素性を明らかにして降臨なさるのに等しい事態ですから、竜種の皆さんはさぞや対応に心を砕いておられる事でしょう」

『ええ。これ以上ないほどざわついたものですが、それなりに日も経ちましたので、私達もある程度は慣れてきました。初見の者達はあの方々にお目にかかるだけでも緊張のあまり死んでしまいそうな顔色になる有様でしたが、それを是正するのも目的の一つですから。さて……それだけならこれは竜種の問題ですので、お話しするまでの事ではなかったのですけれど、つい先程、大きく事態が動いたのです』

龍吉の言葉は、地上世界に降りていた竜種達に何かしらの異変があったと、暗に告げていた。

竜種達の異変とドランのあの異例の対応には何か関係があるのではないか――クリスティーナの勘がそう言っていた。

『この星の同胞達の下を訪れていた竜界の方々が、一斉に姿を消されたのです。それこそ、こちらが声を掛ける暇もないくらい急な事でした。あのご様子からして、竜界の方で何か大きな異変が生じたものと、私達は推測しています。クリスティーナさんへのご連絡が遅れたのは、私のところ以外に竜界の方々が訪れていた場所の確認に時間が掛かったからです。結果、現在、この星に竜界の方々はいらっしゃいません。皆様、竜界に戻られたか、あるいは別の場所に赴かれているものと思われます』

「……そうでしたか。竜界の竜種となると、上位の神々や最高神にも匹敵する超存在。そんな方々が慌てた様子で姿を消した、か……」

クリスティーナが次に口を開くまで、少し時間を必要とした。

彼女の中で何かが繋がった事を察知し、龍吉は静かに待ち続ける。ただ、二人の心の中で嫌な予感ばかりが大きく膨らんでいた。

「おそらく――いえ、ほぼ間違いなく、私を悩ませている案件と関わりのある異変だと思います。

明確な根拠はほとんどありませんが……」

『尋常ではない事態だと覚悟しておりましたが、ドラン様のお姿がお傍にないのと密接な関係があると考えてもよろしいのですか？』

流石の洞察力と言いたいところだが、竜種の異変とドランを紐付《ひもづ》けて考えるのは自然な流れだ。

クリスティーナは、今に至るまでの状況を掻《か》い摘《つま》んで龍吉に伝えた。

自分とドランが聖法王国の刺客に襲われ、さらに周辺諸国に浴びた者を洗脳する雨が降った事。

その事態について、ドランが王宮に報告を上げるよりも自分達の手で決着を着けるべきだと強く望んだ事。

五人で聖都デミラザルへと進撃し、そこで待ち構えていた聖法王と、複製されていたドラゴンスレイヤー、古代の異星文明デウスギアと対決した事。

そして真の黒幕である六柱の邪神達が姿を現し、ドランと共にどこかへ姿を消し去ってしまった事。

過去に交戦経験があるのか、龍吉はデウスギアの名前に覚えがあるらしく、僅かな驚きを顔に浮かべる。

そして六邪神とドランが姿を消した話を耳にした瞬間、龍吉の表情は驚愕とそれを上回る不安によって、一層険しいものになった。

『確かに、月に住む竜王と兎人達《うさぎびとたち》から古代兵器のいくつかが稼働していると報告を受けていました。しかし、デウスギアの残党が最近まで生き残っていたとは。かつての戦いで天人達の宇宙艦隊が彼らの母星を消滅させましたが、こちらに攻め込んできた彼らを完全に根絶やしに出来なかった天人や、私達の失態です』

「それでも、デウスギアだけが聖法王国の背後に居たのなら、今頃、ドランは私達と共にベルンへ帰還しています」

『ええ、会話から察するに、その六柱はドラン様が前世において最後に滅ぼした邪神達。おそらく最高位かそれに準じる極めて高位の神々でしょう。それでもドラン様にとってはこれまで片手間に滅ぼしてきた程度の相手。いくら六柱が集まろうと、それだけではドラン様に抵抗を許さぬような真似は出来ないはず。ましてや竜界の方々がこの星から急ぎ退去されるなど……どうやら私達の想像を超えた事態に発展しているようですね』

「やはり龍吉様もそう思われますか」

『はい。……申し訳ありません、クリスティーナさん。貴女を不安にさせたくて連絡したわけではなかったのですが』

「ああ、いえ、お気になさらず。もとから今回の事態に光明《こうみょう》が見出せず、無駄に焦っていた有様です。龍吉様とお話し出来て、ある程度頭の整理がつきました。状況そのものは前進していませんが、私の気持ちの方はどうにか持ち直せましたから。ですがお話を伺うに、竜界、ひいては原初の混沌において、ドラン達が総出でかかるような戦い――あるいは何かの異常が生じているのは間違いなさそうですね」

『ええ。私達もどうにか竜界の方々と連絡が取れないか、三竜帝三龍皇《さんりゅうていさんりゅうおう》をはじめ、各地の竜種達と共に確かめてみようと思います。何かしら進展がありましたら、クリスティーナさんにもお知らせいたしますので、そちらも何か分かりましたら、お教えくださいませんか？』

「願ってもない話です。こちらはディアドラさんがエンテ・ユグドラシル様の下へ、セリナがリリエルティエルさん、ドラミナさんがレニーアの所に確認に向かっています。新しい情報が入り次第、こちらから連絡を差し上げます」

『よろしくお願いします。クリスティーナさん、どうか気を強く持って。ドラン様がお帰りになるなら、どこを置いてもまずベルンの地です。そこであの方を真っ先に迎えるのは貴女達なのです。その事実を羨《うらや》ましいと思わずにはいられませんよ』

龍吉からの励ましに、クリスティーナはようやく微笑を浮かべる事が出来た。

実の娘の瑠禹《るう》とクリスティーナを重ねたのか、龍吉の心には親心のようなものが湧いていた。

「ありがとうございます。龍吉様とお話が出来て本当に良かった。それでは、私はこれからベルンに異常がないかを確認して参ります。いつドランがひょっこり帰ってくるか分かりませんし、その時にこのベルンに何かあったら、彼が悲しみますから」

状況はまるで好転していないが、それでも龍吉からの励ましによってクリスティーナの心が平静を取り戻したのは、唯一の明るい話題と言えただろう。

†

夕暮れ時を迎えたガロアに到着したドラミナは、まっすぐに魔法学院の門を叩き、レニーアが暮らす女子寮を訪ねた。

バンパイアであるドラミナは以前、使い魔契約の主であるドランの同道がなければガロアをはじめとした各都市への出入りが制限されていた。しかし、ベルン男爵領の正式な家臣となった今では、その制限が解除されている。

だからこそ、単独でガロアを訪れる事が出来たのだが、結果は芳しいものではなかった。

高等部女子寮の入り口で待つドラミナのもとにやってきたのは、レニーアではなく同室のイリナだった。

元来気弱で人見知りするイリナだが、レニーアの無茶に散々付き合わされた結果、今では並みならぬ度胸を身につけている。ところが、ドラミナの前に姿を見せたイリナは、何かに怯える幼子《おさなご》のように小さく震えていた。

ドラミナは一抹《いちまつ》の不安を抱きながらも、努めて優しい声音で話し掛ける。

「お久しぶりです、イリナさん。突然の訪問をどうかお許しください。しかし、どこか顔色が優れないご様子。どうかなさいましたか？」

「こんにちは、ドラミナさん。あの……レニーアちゃんを訪ねてきてくださったのに、すみません。実は……出てこられなかったのは、あの……」

ドラミナは何も言わず、イリナが勇気を出して口を開くのを待つ。

おそらくイリナにとっても予想外の――そしてドラミナ達にとっても不利益になる事態が発生しているのは間違いない。

「レニーアちゃんの姿がほんの少し前から見えなくなって。以前からふらっといなくなる事はあったんです。でも、最後に見たレニーアちゃんは、なんだか様子がいつもと違って……。しばらく出掛けるとだけ言い残して行ってしまったんですが……まるでもう二度と会えないような、そんな雰囲気で……私……」

「そうでしたか。それは辛かったですね、そんな時に突然訪ねてきてしまって、ごめんなさい」

ドラミナは泣きじゃくる妹を慰めるかのようにイリナの体を優しく抱き寄せる。

彼女達が居るのは女子寮の玄関なので、多少の人通りがあったものの、声を掛けるのも躊躇《ため》うような悲痛な雰囲気の二人を前にすると、誰も奇異な目を向けなかった。

「いえ、いえ、誰かに話を聞いてもらえて気持ちが楽になりました。その……ドラミナさんはどうしてレニーアちゃんを？」

「これを言うと貴女の不安が増してしまうかもしれませんが、こちらでもドランが何かに気付いた様子で姿を消しまして。どうやらレニーアさんも彼と同じような理由で、私達に詳細を伝えないままどこかへ行ってしまったみたいですね」

「そん、な……。ドランさんまで」

イリナは目を見開いて驚く。

ドラミナがレニーアに情報を求めたように、イリナもまたドランに何かしら情報を求めようと考えていたのかもしれない。

「これには私も驚きでした。ですがこう考えれば大丈夫な気がしませんか？　ドランとレニーアさんが同じところで何かしている、と。あの二人が手を組めば、荒事でどうにかならない事なんてありませんよ。不敬な物言いかもしれませんけれど、神々に喧嘩を売ったとしても、勝つでしょう」

わざとおどけた調子で告げるドラミナに、イリナは緊張を和らげて顔を綻《ほころ》ばせる。

「あ、それは、ふふ、そうですね。なんでもない顔で〝勝ったぞ〟って自慢してくるレニーアちゃんの顔が想像出来ます」

「でしょう？　まあ、ドランが一緒なら、そんな乱暴な事態にはならないと思いますが、二人が帰って来るまでヤキモキする羽目にはなりそうですね」

「私は、そういうのはレニーアちゃんで慣れましたけど、ドランさんが皆さんに何も言わずに姿を消すっていうのは、珍しく感じます」

「ええ、お蔭で私もクリスもセリナさんもディアドラさんも、皆大慌てです。帰ってきたら、全員で膝を詰めて糾弾《きゅうだん》しなければならないでしょう」

「それは、流石のドランさんも困ってしまいそうです」

「私達をこんなに困らせているのですから、彼にも困ってもらわなければ釣り合いが取れません」

束の間焦りを忘れて笑う少女の顔を見て、ドラミナは上手くやれたようだとほっと安堵の息を吐いた。

しかし同時に、ガロアに足を運んだ自分の目的が叶わなかった事実には落胆《らくたん》せざるを得なかった。

ドランばかりかレニーアまでが、常にはない様子でこの世界から姿を消したという。

どうやら、一筋縄《ひとすじなわ》ではいかない非常事態が、自分達の知らないところで発生しているらしい。

おそらくセリナやディアドラも良い結果を得られないだろう……ドラミナはそう確信していた。

ドランがどこにいるか分からないという厳しい事実を突き付けられて落ち込むセリナ達を、男とも女とも見える誰かが、暗く、深く、黒いどこかから見ていた。

「ふふふ、なるほど。このような事態となりましたか。元凶は始祖竜が押し込めた自殺願望ですが、貴方の詰めの甘さも事態を悪化させた一因ですよ、古神竜ドラゴン……いいえ、ドラン・ベルレスト」

ハーデスら冥界の神々との交渉によって地獄の最下層から連れ出されたはずのバストレルだ。最も高き世界、最も古き世界、最も深き世界——原初の混沌で、今なお終焉竜と戦っている最中のドランと、地上世界で嘆き悲しみながらも諦めていないセリナ達。

バストレルはそれらを同時に見つめながら、楽しそうに、そして愛おしそうに笑っていた。

「さて、私もそろそろ動くべき時ですね。とはいえ、機会は慎重に見極めなければなりません。これはさしもの私にも至難の業。ふふ、だからこそ愉《たの》しいのですが、ふふ、ふふふ」

バストレルは終焉竜達との戦いには参加せず、どういった理由なのか、異なる場所におり、そしてそれを許されていた。

ハーデス達が自由行動を許したからには、それ相応の理由があるのだろうが、いかにも謎めいた笑い声であった。

†

――セリナ達がデミラザルからベルンへと帰還したその日の夜。

情報収集の為に散った彼女達は再びベルンへと集合して、それぞれの成果を報告し合っていた。

ドランが一時的に行方不明になったという知らせは、ベルン男爵領の運営に携《たずさ》わる主要な家臣達にのみ伝えられ、家族への報告は今少し様子を見てからという事になった。ある意味、義理の家族への説明を前に、クリスティーナが尻込みしたとも言える。

ドランの真の力を知らずとも、家臣達の多くは遠からず彼が帰還するに違いないと考えて、強く悲観しなかった。これは、今までのドランの理不尽なほどの武功と実力を考えれば当然の帰結だ。

しかし、そんな楽観視する者達も、今のベルン男爵クリスティーナの執務室に集った人々の沈鬱な雰囲気を目の当たりにすれば、まさか……と肝《きも》を冷やす羽目になるだろう。

カラヴィスタワーと西のロマル帝国に派遣されているドランの分身体達、エンテの森の世界樹であるユグドラシル、モレス山脈の竜種、ドランと魂の父娘であるレニーア。

セリナ達は思いつく限りの伝手を頼った。

しかしドランが邪神達に連れ去られた場所を特定しようという彼女達の努力は、虚《むな》しい結果に終わっていた。

リネット達に調べさせた結果、ベルン男爵領内で目立った異変が生じていない事だけがまだ救いだ。

それでもなお、執務室は凍えた空気と失意の雰囲気で満たされている。

彼女達にとって、こうまで手を尽くしてもなんの成果も得られなかったという経験は、ドランと出会ってから初めての事だ。

しかも、こうした困難に際して最も頼りになるドランの行方が知れないという事態が、彼女達の心を強く打ちのめしている。

そんなクリスティーナ達の気落ちした様子を見て、使用人や家臣達は皆気を遣って、執務室には近づかなかった。

各地に散った面々が集合し、何も進展がなかったという結果を共有してから、クリスティーナは溜息を必死に呑み込んで口を開く。

「残念だが、私達の思いつく限りの伝手は空振りに終わってしまったようだな。だからといってこのまま手を拱《こまね》いてもいられない。彼の事だから、こうして気を揉んでいる私達の前に、今にもひょっこりと顔を覗かせる可能性もあるが、それは楽観的すぎるというものだ。まだ私達に出来る事がないか、改めて皆の知恵を借りたい」

そう言って、クリスティーナは深々と頭を下げた。

応接用の長椅子に腰かけるセリナ達も、濃淡の差こそあれ、一様《いちよう》に悲痛の色を浮かべた瞳を向けて、改めてお互いに持ち寄った情報を自分達の中で整理する。

最初に口火を切ったのはディアドラだった。

深くスリットの入ったドレスの裾から大胆に太ももを覗かせて足を組んでいるその姿からは、状況が一向に好転しない事へのかすかな苛立ちが窺える。

メイド服を纏って彼女の背後に立って控えているリネット、ガンデウス、キルリンネら三姉妹も、とりわけ強く慕うディアドラの内心を察しているのか、暗い表情だ。

「エンテ様にお願いして、他のユグドラシル様達と共に精霊界や妖精界の様子を探っていただいたのだけれど、神々に匹敵する高位の方々が軒並み姿を消しているそうよ。しかも、随分物々しい雰囲気で、戦を前にしたような緊迫した様子だったみたい。他の情報と照らし合わせて考えると、ドランとレニーアは同じ場所で戦っていると考えていいのではないかしら？　でも問題は、もし仮にドラン達が共闘しているとしても、具体的にどこで戦っているのか、どうすれば場所を特定出来るのか、そこら辺の情報が一切ない事よ」

エンテ・ユグドラシル達が有する、植物や大地を通じた情報網を活用すれば、僅かな時間で惑星全土の情報を集められる。

その植物達の情報網を使用しても、ドランはおろか、レニーアや高位の竜種達の姿が消えているのを再確認しただけに留っている。結局、彼らがセリナ達の手の届かない高い場所に行ってしまったという推測が確信に近づいいただけだった。

さらにベルン男爵領内の様子を再調査したリネットから、領内の様子について改めて報告がなされた。

「リネットよりご報告申し上げます。領内にて天変地異や疫病の発生、生息域を越えた生物の侵入他、迅速な対処が求められる異常事態は確認されませんでした。ただし、各神殿並びに屋敷付きの神官の方々より、極めて深刻な事態が報告されています」

領地や領民達に変わりはなかったが、それ以外の大きな異変が確かに存在していたようだ。

この上まだ何かあるのかと、さしものセリナやクリスティーナも、さらに表情を暗くした。

リネットは皆の様子に大いに心を痛めながら、それでもこれが仕事だと自らを鼓舞して言葉を続ける。

「神殿関係者によると、ケイオス神、マイラール神、アルデス神、オルディン神、ハーデス神など、主神や宗派を問わず、あらゆる神々の声が聞こえなくなっているとの事です。かろうじて通常の神聖魔法――いわゆる神の奇跡は機能していますが、啓示《けいじ》や神託《しんたく》、預言といった神の声や意思を聞く類の奇跡は一切機能していません。現在はまだこの情報が広まっていない為、大きな混乱は生じていませんが、時間が経つにつれて混乱の度合いが深まっていくのは明白です。今は各教団が事態の解明と今後の対応の準備に追われているものと、推測されます」

リネットの報告通り、アークレスト王国だけに留まらず、大陸、惑星——それどころか全宇宙、さらには全並行世界において、神々の声が聞こえなくなっていた。

まさしく、この世界始まって以来の大異変だ。

これは終焉竜との戦いにおいて力になれるだけの格を持った高位の神々が残らず戦場に出立した事から生じた事態である。今は、残された下位の神々や天使や聖獣といった眷属達が、代行して奇跡を行使している状態だ。

しかし、そんな事情を地上の人々が知る術はなく、遠からず混乱が生じるのは避けられない。

この場に居るのはマイラールやアルデスと直接の面識があるという稀有《けう》な面々の為、ドランと神々との関係性もある程度知っていた。

彼らの声が信者達に届かなくなったという事実からも、ドラン不在の事態と紐づけるのは容易だった。

同時に、あれほどの高名な神々さえもが巻き込まれているのかと、戦慄《せんりつ》さえ覚えている。

今も最低限の奇跡は行使出来るようだが、この星で神々の奇跡の恩恵に与っていない人類国家は皆無と言っていい。

もしもこの状況が続けば、各教団と国家、また信仰の概念そのものが大きな変化を求められる可能性だってある。

神々に対する信仰心のないディアドラも事態の深刻さは理解出来ていた。だからといって口を閉ざしたり、足を止めたりしないのが彼女の持ち味である。

「ドランの分身達と神々が姿を消しているとなると、問題は私達が思っているよりもずっと〝高いところ〟で起きているようね。ドランが単独で状況を打破出来ていないから、マイラール神やアレキサンダーもカラヴィスタワーから姿を消したと考えるべきでしょう」

ディアドラが多少の苛立ちと共に口にした言葉は、現状を的確に捉えていた。

ドラミナも、この意見に同意する。

「ガロアからレニーアさんが姿を消したのも、まず間違いなくドランに加勢する為でしょう。彼女ならば、デウスギアを傀儡としていた六邪神とドランのやり取りを覗き見る事も出来たはずですからね」

「あの子、頭に血が上った瞬間に行動に移るわよね。いつもなら、そしてこれまでと同程度の相手なら、文句を言いながらも見ているだけだったかもしれないけれど、今回に限ってはそういうわけにはいかなかった、か」

ほう、とディアドラの唇から黒薔薇の香りを含む吐息が一つ零れた。

レニーアがこちら側に残っていたならば、大神に勝るとも劣らぬ彼女を頼りにドランの状況を確認する事も出来ただろう。

そんな中、一際沈痛な面持ちのセリナが、ポツリと消え入りそうな声で呟いた。

「どこもかしこも、誰も居なくて、ドランさんの無事を確かめられないなんて……」

誰もが思わず慰めの言葉を掛けたくなる口ぶりだが——顔を上げたセリナには、そんなものなど必要としていない気迫が籠もっていた。

青く濡れた満月を思わせる瞳には、不屈の闘志とでも呼ぶべき意志の光が輝き、キリリと引き締められた表情から諦めの色は払拭されている。

「でも、無事は確かめられなくても！　ドランさんが神様達にしか行けないような場所に居るのは確かです！　なら、次に私達が目指すべきは、天界ないしは竜界へ向かう事ではないでしょうか！　行って何が出来るのかは分かりませんが、ドランさんの安否を確認したいなら、そうするべきです！」

執務室に漂う不穏《ふおん》な空気を吹き飛ばす烈風《れっぷう》の如く、ラミアの少女はこの上なく力強い言葉で断言してみせた。

室内の誰もが反論や意見するのを忘れるほどの気迫には、普段の彼女の穏やかさとはかけ離れた力があった。

決して自棄《やけ》になったわけではないようだが、彼女の口から語られた内容は多くの人々からすれば荒唐無稽《こうとうむけい》とされるものだ。

フンフン！　と息巻いて、諦めない強さを見せるセリナに、リネットは主人の口癖を真似た呟きを一つ置いてから意見を述べる。

「ふむ……セリナの意見は一考に値しますが、神々の領域に足を運ぶのは、この場に居る面々でも困難を極めるのでは？」

「リネットちゃんの言う事はもっともです。私、ディアドラさん、ドラミナさんはドランさんから古神竜の力を貰っているけれど、あくまで力を使うだけで、世界間の移動をした事はありません。練習なしの出たところ勝負で挑むには、あまりに危険です。でも、カラヴィスタワーにはリリさんが居ます。あの方はドランさんの眷属であると同時に、サキュバスさん達の女神様です。ご本人曰《いわ》く、神格は最低だそうですけれど、それでも女神様は女神様です。リリさんなら、魔界か天界への行き方を知っているはずです。そこを経由して竜界か原初の混沌っていう場所に行く手はあると思います！」

リリエルティエルはドランの行方を知らなかったが、真性の女神である彼女が高次元の世界である天界ないしは、生まれ故郷の魔界への行き方を知っていると考えるのは道理だ。

セリナがやけっぱちになっているわけではないと理解し、ドラミナやディアドラ達もこの可能性が真に光明足り得るかを検討しはじめる。

　藁《わら》にも縋るような思いで皆が思考を巡らせる中で、懊悩《おうのう》する姿も絵画の如く美しいドラミナが、セリナが提示した案に対する懸念を述べた。

「問題があるとするならば、リリ殿に魔界なり竜界なりに連れていっていただいたとして、私達がその世界に適応出来るかどうかです。文字通り、そこは次元の違う世界。根本からして、私達が存在する事自体があり得ない場所です。そしてこの状況ならば、神々の世界にも異変が生じている可能性があるでしょう。久しく神々の世界から離れていたリリ殿が、無事に高次元への道を繋げられるかどうか……」

「でも、それでも、一度はリリさんに試してもらって、それで新しい何かが分かるかもしれません！　天界に行けば、マイラール様やクロノメイズ様が私達に気付いてくださる可能性だってあります。あとカラヴィスさんも、魔界の方に行った時に気付いてくれる……かも？」

　それを受けて、ディアドラが今度ははっきりと吐息を零し、他に術のない自分への焦燥を露わにする。

　だがセリナの熱意が移ったのか、彼女の瞳にもまた諦めを殴り飛ばし、へし折る意志の光が眩く煌めいていた。

「そんな、カラヴィスはついでみたいに言わなくても……。でも、ええ、そうね。リリにはあまり無理はさせられないけれど、お願いだけでもする価値はあるわ。他にどうしようもないし」

クリスティーナも眉間《みけん》の皺《しわ》をほぐし、セリナの考えを受け入れた。

「もう一手か二手は何か手立てを講じておきたいが、時間を惜しいと思う気持ちの方が勝るな。ドランの力を知っているからこそ、余計に焦ってしまうものだね」

決して状況が好転すると決まったわけではないが、それでも少しだけでも前に進める。

今度はここに居る全員でカラヴィスタワーへ向かおうと、セリナ達はこの後の日程について考えはじめたのだった。

第四章――最後の一手

たとえリリエルティエルを頼って高次元に向かう方法が上手くいかなかったとしても、神々の世界を含む高次元で大問題が勃発しているという確証は得られる。

そうなれば、また知恵を巡らせ、伝手を頼り、力の限りを尽くして高次元へと赴く術を見つけるか、作り出す方法に舵を切ればいい。

一度進むべき方向と到着地点を定めたならば、迅速に行動に移るのがベルン首脳陣である。

クリスティーナとドラミナはリネット達三姉妹の助力を得て、数日分の執務を大急ぎでこなした。

領主や秘書、補佐官不在時の手順書を家臣達に預け、一行は夜明け前にはドラミナの転移魔法でカラヴィスタワーへと出発する。

セリナ達は一度近隣の平原へと転移してからカラヴィスタワーに入り、事前に念話で連絡を入れていたリリエルティエルと合流する。

セリナが訪れたのと同じ市庁舎の部屋に、今度は全員が通された。

先のセリナ訪問によりドラグサキュバス達にもドランの行方不明は伝わっていたものの、インラエン各地で労働に従事している者達は常の通りに過ごしていた。

しかし、内心ではセリナ達に負けず劣らずの動揺に襲われているのは明白だ。

長として、平静を保つ努力を最も強く続けていたリリエルティエルは、最大限の敬意を持ってドランの恋人達と向かい合い、その提案について考えを巡らせる。

「私が皆様を神々の世界にお連れする……。確かに試す価値はありましょう。ですが、私が確実にお連れ出来るのは、生まれ故郷である魔界です。竜界もドラン様の眷属となった今の私ならば、皆様と共に赴く事が叶うはず。ところで、皆様の中に魔界や竜界に赴かれた経験のある方はいらっしゃいますか？」

ここで手を挙げたのは、ディアドラのみだ。

かつてエンテ・ユグドラシルをその身に宿す形で、悪魔王子ガバンに魔界へと連れ去られ、ドランが救出に来るまで悪魔達と一戦交えた経験がある。

「エンテ様と悪魔の領地に連れていかれた経験はあるわ。あの時はエンテ様に助けていただいたから、そう辛い環境ではなかったけれど」

「通常、地上の存在が魔界や天界へ赴く場合には、肉体をはじめ、霊魂を一時的に変換・昇格させる必要があります。悪魔や邪神の類が生贄《いけにえ》や契約者を魔界に連れていく場合にも、同様の処置がとられます。今回の場合は、ディアドラ様の経験と照らし合わせると、私がエンテ・ユグドラシルの代わりとして皆様をお助けしつつ、魔界か竜界への道を開いて先導する形式となります。私と皆様の持つドラン様の力を共鳴させて霊格を向上させれば、より安全、確実にお連れ出来ます。ですが……」

言い淀むリリエルティエルの視線は、憂いと労《いた》わりを湛えて、リネットの隣に控えるガンデウスとキルリンネへと向けられる。

ドラグサキュバスの女神の視線に続き、この場に居る皆の視線を受けた二人は、その意味をすぐに理解して儚《はかな》げに笑む。

「お気遣いいただき、ありがとうございます、リリエルティエル様。ご主人様との霊的な繋がりが強く、深い皆様方と異なり、私とキルリンネにそこまでの繋がりはございません。もちろん、主従としての繋がりは強固なるものと自負しておりますが、今回ばかりはそれも役に立ちそうにありません」

「そうだねえ、ガンちゃんの言う通り、私達はリネットお姉ちゃんみたいに、ゴーレムとしての所有契約を結んでいたわけでもないし。使い魔契約を結んでいたり、祖先の因縁があったりする皆様と比べたら、どうしても弱いもんね。それに、魂もまだそんなに育ってないから……」

しょぼんと肩を落とすキルリンネに、ディアドラとリネットはとりわけ気遣わしげな瞳を向けて、一言二言慰めの言葉をかけた。

人工的に造り出された生命という点において、ガンデウスとキルリンネはリネットと変わりない。しかし、リネットは彼女自身の魂を獲得してからそれなりの年月が経過しているのに対して、二人は自我の萌芽《ほうが》すらつい最近だ。魂を強く豊かに育むのは、まだまだこれからの話なのである。

「ですが、お二人に役割がないわけではありません。お二人には私が皆様を連れていった後に、ドラン様を含めて皆様の事を強く思い描いていてほしいのです。無事の帰還に対する祈りと言い換えてもいいですね。強く純粋な祈りは、時空の壁を超えて届くもの。だからこそ人々の祈りは天界の神々に届き、人々の欲望が魔界の神々に届くのです。私達が帰還する時、お二人の祈りは嵐の中の灯台の如く道標《みちしるべ》となるでしょう」

まがりなりにも真性――どちらかというと悪神や邪神の系統なのだが――の女神であるリリエルティィエルの言葉に、ガンデウスとキルリンネは分かりやすく顔色を明るくする。

天真爛漫《てんしんらんまん》なキルリンネはともかく、普段は落ち着き払っているガンデウスがこうもはっきりと感情を露わにするのは珍しい。

今回のような異常事態となれば、普段とは異なる反応が出るものなのかもしれない。

「ありがとうございます、女神リリエルティィエル。百万人の祈りに勝る思いを込めて皆様の無事の帰還を祈りましょう」

「私も私も！　み～んなが揃っていないとお仕事の張り合いがないし、全員一緒の方が良いもの！」

「元気が出たようで何より。とはいえ、常ならぬ事態とあっては、必ずしも魔界や竜界へ辿り着けるかは分からないのですが。これは責任重大ですね」

リリエルティエルにとって幸いだったのは、セリナ達が今回の高次元行きが失敗したとしても、他の手段を探す事を既に視野に入れた上で行動している点だろう。

とはいえ他の手段となると、それこそ本当に霊格を神の域にまで引き上げて、はるか高き次元の世界で何が起きているのか、直《じか》に知覚するくらいしか思いついていなかったのだが。

それも次のリリエルティエルの言葉であえなく散ってしまう。

「実はセリナ様から事情を伺ってから、女神としての権能の全てを用いてドラン様のお姿を捜しておりましたが、魔界や天界に近い次元は、さながら雷雲に呑まれたかの如く見通しが利かず、尋常ならざる様子でした。文字通り、この地上世界より高い次元に上って近づかねば、正確な情報は得られないでしょう」

「……そう、ですか。ドランさんが無事なのはリリさん達のお蔭で分かるとはいえ、やっぱり不安になってしまいますね」

セリナの手が強く握りしめられ、震えているのに誰もが気付いていたし、皆が彼女と同じ気持ちでいた。違うのはそれが表に出るか否か、それだけだ。

そうしてリリエルティエルの助力を得て次の行動へと移ろうとした矢先。

〝ソレ〟はドラグサキュバス達の警戒網を煙のようにすり抜けて、姿を見せた。

誰も気付かぬ間に貴賓室の扉の前に立っていた男とも女とも見える誰かが、薔薇よりも赤く血よりも鮮やかな唇から、美しい声を奏《かな》でた。

人間の喉こそは――いや、この男とも女ともつかぬ存在の喉こそが至上の楽器であると、耳にした誰もが聞き惚れる声であった。

「事前の準備なしにとれる手段としては、そんなところでしょう。ですが、それでは足りませんよ。今やその場所は、始原の七竜とほぼ全ての神々の力が渦巻く、かつてないほどに凄まじく、悍ましく、そして素晴らしき戦場となっているのです。そちらのドラグサキュバスの女神殿の導きだけでは、到着した途端に消し飛ばされるのが関の山というもの。そもそも、辿り着くのもほぼ不可能でしょう。ふふ……」

美しいモノがそこに立っていた。

女か男かなど関係ない。美を求めるならばその答えがコレだとあらゆる者が理解し、絶望してしまうほど、これ以上を望めない美貌を体現した存在だ。

星の輝かない夜を思わせる黒いコートに袖を通し、両端を淡く黄色く染めた白いマフラーをゆるりと巻いている。

黒いダイヤモンドの輝きが色褪《いろあ》せて見えるような長髪をそのままコートに流し、口元には優美と言う他ない笑みを浮かべるソレを、セリナ達は知っていた。

そして、この部屋にいた全員が戦闘態勢を整えて、隠そうともしない殺気を叩きつけた。

「おやおや」

美しいソレは余裕の笑みを浮かべながらこの部屋に居る面々を見回す。

セリナ、ディアドラは半竜化し、ドラミナはさらにバンパイア六神器の全てを顕現させている。

リネット、ガンデウス、キルリンネは自分達の影に収納していた武器を取り出して、それぞれの手に巨大メイス、短砲、大剣を握ってセリナ達の盾になれるように前に出る。

リリエルティエルもまた竜の翼を大きく広げて立ち上がり、真性の女神にして古神竜の眷属としての力をいつでも全力で揮える態勢だ。

同時にこの建物全体もまた、戦闘態勢へと移行していた。

市庁舎そのものが巨大な魔力炉と化して、リリエルティエルはもちろん、セリナ達に膨大な魔力を供給し、逆に侵入者にはありとあらゆる呪いが降りかかる。

また、市街に住む探索者達には内部の戦闘を一切知られないように、厳重な防諜措置《ぼうちょうそち》がとられている。

侵入者の喉先にドラッドノートを突き付けたクリスティーナが、その切っ先よりも鋭い眼差しを向けたまま問いかけた。

「ありきたりだが、何故お前がここにいると言わせてもらおうか、大魔導バストレル」

大魔導バストレル。それは学生の時分にドランが自らの手で葬った人類最強の魔法使いの名で、クリスティーナの前のドラゴンスレイヤーの使い手だ。

その正体は超先史文明によって古神竜ドラゴンと神造魔獣レニーアの霊的因子を掛け合わせて造り出された人造生命体である。

クリスティーナ達の認識ではドランによって倒され、今は罪人として冥界の最奥に囚われて、生前に犯した罪を償っているはずだ。

人数も場所も圧倒的に不利であるにもかかわらず、バストレルの余裕を湛えた態度に乱れるところはない。

もちろん、対するクリスティーナやセリナにも油断は欠片もなかった。バストレルはドランとレニーアが力を揮うのに呼応して力を増す特性を持ち、ドランと戦った際には大神をも上回る領域に至ったと聞かされていたからだ。

「久しぶりですね、ドラゴンスレイヤー。今はドラッドノートでしたか。最良の使い手と巡り合えた貴方の幸運を、嬉しく思いますよ」

ピンと張りつめた糸のように緊迫した中で、バストレルは笑みを浮かべたまま、自分の喉先に触れる寸前のドラッドノートに本物の親愛を込めて語りかける。

超先史文明が設計し、天人文明に製造されたバストレルは、短くない時間をドラゴンスレイヤーと共に過ごした。そして、共に異星や異次元の侵略者を滅ぼし、時には自らが侵略者となって多くの生命を奪った。

バストレルがこの剣に抱く感情は愛憎や善悪、好き嫌いといった概念とは別の区分に分類される。互いに否定するだろうが、いわば戦友か幼馴染《おさななじみ》と言った方が比較的正解に近い間柄《あいだがら》かもしれない。

「バストレル、生き返ったわけではないようですね」

ドランの捕捉作業を継続中のドラッドノートが応じた。

まさか返事をしてもらえると思っていなかったバストレルは、ますます嬉しそうに笑みを深める。

かつて天空の城で対峙した時と比べて、はっきりと異なる雰囲気を持つバストレルに、クリスティーナ達は違和感を覚えていた。

警戒を解いたわけではないが、以前あった自分以外の全てを侮蔑して見下す冷酷さが、大幅に薄らいでいるように感じられる。

すぐさま命のやり取りに発展する気配がないような気がする、と考えはじめていた。

「ええ、貴女の言う通り、再びの生を得たわけではありません。冥界の貴《とうと》き方々が話し合いの末、この状況において私の存在が有用であると判断し、こうして皆さんの前に再び姿を見せる事が叶ったのですよ」

「冥界の神々が？　死者を再び世に出すほど切羽詰《せっぱつ》まっているというのか……」

既に神々の声が途絶え、竜界の竜種達が姿を消したと聞かされていたクリスティーナが、さらにもたらされた新たな情報に困惑する。

バストレルは、思い当たる節がおありでしょう、と言わんばかりの視線で応える。

「ハーデス神や閻魔大王は、古神竜ドラゴンの力を欠片程度とはいえ持つ存在として、皆さん以外にも私が存在しているのを思い出されたのですよ。もっとも、戦力として私が役に立つわけではありません。まあ、ドラン様が私との間にある回廊を再び開いてくだされば、多少なりとも力はつくのですが、それでもどうだか」

「貴様でもか？」

「ふふ、これでも最高位の神々相手ならば戦いを挑めるだけの力はあると自負していますが、今、原初の混沌で勃発している戦いにはとてもとても……。かのケイオス神やカラヴィス神、アルデス神でさえ直接戦闘に参加出来てはいません。戦闘に参戦するのが叶うなら、それは始原の七竜と同格以上の力がなくては」

「馬鹿な！　ドランとそのご兄弟でなければ戦えない相手など、一体この世界のどこにいる⁉」

クリスティーナの叫びは、この場に居たバストレル以外の全員の心中を代弁するものだった。

これまでどんな悪党や超越者、神そのものが相手であっても、涼《すず》しい顔で返り討ちにしてきた、真の意味での超越者こそがドランである。

その彼と同格の始原の七竜並みの力がなければ参戦すら叶わない戦場とは、クリスティーナ達には想像さえ出来ない。

「その気持ちには強く共感しますよ。神々でさえ――むしろ神々であればこそ、そう思ったに違いありません。絶対無敵、最強無比、神にとっての理不尽の権化《ごんげ》たる始原の七竜が一切の容赦なく全力で挑んでもなお、勝利が困難な存在など、彼らには思い描く事さえ出来ないでしょう」

「……何が敵なのだ？」

クリスティーナの問いに、バストレルはもったいぶらずにあっさりと答えた。時間に余裕のある状況ではないが、最低限の情報共有こそが近道であると知っていたからである。

「終焉竜、と名乗っていますね。かつて始祖竜が自らを引き裂く際に封じた自滅の意志と融《と》け合った六柱の邪神が、原初の混沌を大量に食らって誕生した存在だとか。始祖竜の意志が混じってさえいなかったら、始原の七竜は容易に勝利していたでしょうね。まあ、それもこれも、古神竜ドラゴンが死亡時に六邪神に力を奪われてしまったのが、要因の一つと言えますけれど。始祖竜としての力を得た結果、六邪神を侵食していた始祖竜の自滅の意志がより強く覚醒《かくせい》し、虎視眈々《こしたんたん》と機会を待ちながら力を蓄え続け、今になって事を起こしたわけです」

以前の尊大さがすっかり鳴りを潜めているバストレルの態度に、本当に別人ではないかと、クリスティーナのみならずドラミナやセリナも疑心を抱いていた。

当人はそんな疑心混じりの視線などどこ吹く風と気にもせず、さらに現在の状況を端的に述べる。

「終焉竜との戦闘自体は始原の七竜が行なっています。他の神々と竜界の竜種達は、あまりに力が違いすぎて直接戦いに関与出来ていませんが、始原の七竜が心置きなく戦えるように各々出来る事をしていますよ。役割分担といったところです。終焉竜もそういった神々の動きが目障りらしく、即席で作った雑魚達に掃討を命じています」

クリスティーナはドラッドノートを突き付けたままだが、その言葉に嘘がないと直感的に悟っていた。

しかし、よりにもよってかつての強敵に、喉から手が出るほど欲しかった情報を与えられたこの状況が受け入れられず、素直に喜べないでいる。

彼女達の複雑な感情はバストレルも重々承知しているようで、懐から封書を取り出して見せる。

「こちらはタナトス神とハーデス神がしたためてくださった、一時的な釈放の許可証ですよ。これが本物かどうかは、そちらの女神リリエルティエルならばお分かりになるでしょう。何しろ、真性の女神ですからね」

リリエルティエルが最大限の警戒を見せたまま封書を受け取り、恭《うやうや》しい仕草でその中身を確かめる。

その仕草だけで、セリナ達には封書が本当に冥府の神々のものであると理解した。そうでなければ、リリエルティィエルがああまで緊張し、敬意と共に封書を吟味しないはずだ。

「……冥府の神々の書で間違いありません。紙も墨も気配も、全てが冥界の奥深くにある神々の領域のソレです」

僅かに声を震わせながら認めたリリエルティィエルの言葉に、バストレルは満足げに微笑む。

「ふふ、これで少なくとも私が冥府の使いであると証明されましたね。さて、次は私の役割についてお伝えしましょう。私もただ釈放されたからと顔を見せに来たわけではありません。私は皆さんを原初の混沌まで、確実にお連れする為の案内役として参りました。当初は戦力として期待されていた節《ふし》もありますが、それよりも皆さんをあの戦場に運ぶ方が、よほど終焉竜打倒への近道になりますから」

「あ、あの！」

バストレルが口にした言葉に違和感を覚え、堪らずセリナが口を挟む。

「おや、なんでしょうか、ラミアのお嬢さん。確か、セリナさんでしたか。ふふ、随分と古神竜の力に馴染んでおられる様子。もはやラミアの領域をはるかに超えた存在となっていますね。その内、新たなラミアの女神を名乗っても、誰にも文句は言われないのでは？」

どうやらバストレルは本気でセリナを褒めているらしいのだが、当のセリナからすれば自分への称賛などは二の次だ。

「私の事は、この際、どうでもいいのです。でも、どうしても教えてほしいのです。本当に貴方の言う通り、ドランさんの居る原初の混沌の領域に連れていってくださるなら、それは本当にありがたいです。……けれど、ドランさんが全力を出してもまだ勝てない相手に、私達がなんのお役に立つのでしょう。私達が姿を見せたら、むしろドランさんの気を散らして邪魔になるだけじゃないでしょうか」

「ふむ、そう思われるのも当然と言えば当然ですか。ですがご安心を。私や神々でさえ戦力として数えられないのに、皆さんに戦えなどとは口が裂けても言えませんよ」

「じゃ、じゃあ、どうして？」

「一つ、誤解される前に言っておきましょう。皆さんを原初の混沌へお連れすべきと提案したのは私です。冥界の神々も頭の端にはそういう考えはあったかもしれませんが……。古神竜ドラゴンから人間ドランへと転生したあの方の最大の弱点にして最悪の逆鱗《げきりん》は、まさに皆さんそのものです。今頃彼は、かつての失態に対する責任感や遠い世界に居る皆さんを想って戦っているでしょうけれど、やはり直に皆さんの姿を見ればより力が湧き出るというもの」

バストレルは爽やかな笑みを浮かべながら続ける。

「いわゆる心技体の三つの要素のうち、転生によってあの方の技と体は、見る影もないほど弱々しいものとなりました。しかし、生前のあの方を知る誰もが、今の人間ドランの方が強いと断言します。それは何故か？　人間の家族達に愛され、友人と隣人に恵まれ、そして皆さんに出会えた事で、技と体の弱体化を補って余りあるほど心が強くなったからです。ここまでお話しすれば、もうお分かりですね？　皆さんに期待している役割は戦力としてではなく……」

セリナはうーん、と困ったような顔で首を捻る。答えはすぐ分かったのだが、それを表現する言葉を選ぶのに少しばかり戸惑ったらしい。

「つまり、私達はドランさんの士気向上というか発奮材料《はっぷんざいりょう》？」

バストレルは満点を取った教え子を見る教師のように満足げに答えた。

「ええ。何しろ、あの方ときたら、たとえ跡形もなく消滅したとしても、皆さんが姿を見せたら何事もなかったかのようにその場で復活しそうでしょう？」

あまりに毒気が抜けすぎているバストレルの態度に、クリスティーナ達はますますこの者がかつて大魔導と呼ばれた存在とは別人なのではなかろうかという疑いを強める羽目になった。

それでも、この場に居る誰もが——大変不本意ではあったが——彼の言葉に異論を唱えなかった。

彼女達の知るドランとは、まさにそういう人物だったからだ。

慌てた調子で復活するドランの姿を皆が脳裏に思い描いたところで、緩んだ場の雰囲気を引き締めるようにバストレルが新たな言葉を口にする。

その性根さえ知らなければ、セリナ達であっても、美しい存在が発する声をほんの少しでも聞き逃すまいと耳を澄ましただろう。

「とはいえ、あの方がケロっとした顔で復活しようとも、他の方々はそうもいきませんでしょう。始原の七竜の一角が崩れてしまっては、かろうじて拮抗している状況が覆りかねませんし、なるべく早く皆さんをお連れする必要があります。あまり考える猶予《ゆうよ》はありませんので、早く決断していただきたいのですが……いかがでしょう。私の手を取られるか否か決まりましたか？」

その言葉通り、考える時間など、それこそ話している間しかなかったようなものだ。

それでもバストレルは、セリナ達がどんな答えを出すのか分かっている顔だ。

手詰まりに近い状況に置かれていた彼女達が、たとえかつての敵からとはいえ、差し出された手を取らずにはいられるわけもない。

「私は、この際、バストレルさんであっても頼る外ないと思います！　甘言《かんげん》とか悪魔の囁《ささや》きという言葉が、ものすっごく脳裏をよぎりますけれど、そんじょそこらの悪魔に負けるような私達ではありません！」

フンス、と気合を入れた様子でメラメラと瞳を燃やすセリナに、かつてのバストレルならば侮蔑を込めた冷笑を向けただろう。

しかし、冥界で何かしらの心変わりがあったようで、今は頼もしそうな笑みを浮かべているではないか。

「ふふ、その意気込みはお見事。蛮勇とほとんど変わりはありませんが、今はそれが頼りです。まあ、私もそこらの悪魔と同列に扱われるのは心外ですが、ここは物のたとえとして流しておきましょう。今までの経緯から、皆さんが私に不信感を抱くのは当然と理解しております。しかしそこは、私を利用しようという冥界の神々の判断を信じてください。そして私が古神竜ドラゴンの因子を強く持っている点も合わせて考えていただけますか。皆さんは皆さんの事情の為に、存分に私を利用なされればよいのです。それなら大して心も痛みませんでしょう」

そう告げるバストレルの笑みに何を見たか、クリスティーナはドラッドノートの切っ先を下げた。

ただし、いつでも振り上げてバストレルを逆袈裟《ぎゃくげさ》に斬り捨てられる用意はしている。

実力で言えば、この場に居る全員が死力を尽くしてもバストレルには及ばない。しかし死者である彼には、どれだけの力を持とうとも、ハーデスや閻魔、無間ら冥界の三貴神には敵わず、逆らえない縛りがある。

ハーデス達がバストレルの利用を決めた以上、セリナ達に危害を加えられるようにはしないだろう。

「どこまで行っても信用は出来ないが、この状況ではお前の提案に乗るしかないのが、今の私達か……。そうと分かった上で話を持ちかけてくるのは、選択肢を与えていないのと同じだ。まったく、物は言いようだな」

クリスティーナが少しの呆れと諦めを溜息に乗せて吐き出す。

バストレルは険しい表情を浮かべる美貌の剣士に、今度は真意の読み取れない笑みを向けた。

「残念ながら複数の選択肢を用意出来るほど、余裕のある状況ではないのですよ。一刻を争う事態とは申しますが、まさにそれです。さあ、皆さんの愛する方を助ける為にすべき事はただ一つですよ」

バストレルの笑った顔は、ことのほか憎たらしい——セリナ達は心を一つにしてそう思うのだった。

どうして彼がここまで積極的にセリナ達の助けになろうとしているのか。そんな疑問を、ディアドラが率直に問《と》い質《ただ》す。

「ところで貴方、前の時はドランとの戦いを楽しそうにしていたけれど、自分こそが上だと信じてやまない様子だったわ。そのくせして、今は私達をドランの下へ本気で連れていこうとしているわよね。そうするだけの利益が貴方にあるの？」

「ふむ、時間は惜しいですが、出来るだけ疑問を拭っておくのも重要ですね。分かりやすいところから言いますと、今回の協力の見返りとして、そこそこの減刑が見込めるのです。流石の私も最下層の地獄の呵責は辛いですから、少しでも楽になるのなら大歓迎です。これくらいは皆さんも想像の内でしょう？　地獄の罪人が働くとなれば、減刑か、生前の未練に対して何かしら融通を利かせるのが定番ですからね。他に報酬として有名なのは、死神の眷属に加えられて疑似的な神霊化といったところですが、こちらは今の私には価値がありません。私の方がよほど霊魂の格が高いので」

今のバストレルは、既に伸ばした爪の先が古神竜に引っかかる程度にまで霊魂の位階を高めている。

今更、死神の眷属への道を約束されたとしても、あまりに低い待遇でむしろ彼には魅力がない。

しかしディアドラは、超人種を超えた存在の魂胆《こんたん》を見透かさんと、鋭い視線で睨みながら問いを重ねる。

「減刑を約束されたからといって、誰かの指図を聞くような性格ではないでしょう。そんな素直だったのは、それこそ天人達に造り出されたばかりの頃くらいではなくて、バストレル？」

バストレルにとって、まだ自我もなく製造者である天人達の言いなりになって戦っていた時期の話は、この上ない恥だった。そして、死んだ今となってもそれは変わらない。

そこまで見抜いての発言なのか定かではないが、ディアドラの言葉の棘《とげ》は確かにバストレルの心に刺さり、皮肉の毒がじわりと染み込む。

「おやおや、言葉が達者でいらっしゃる。それに人の心というものもよくお分かりだ。人ならぬ者が人と寄り添おうと努力なさった成果でしょうか。ふふ、そう怖い顔をしないでください。この程度は知性を持つ者ならではの微笑ましいやり取りではないですか。……さて、少々気恥ずかしいものを感じますが、私がこうしてハーデス神をはじめとした冥府の神々に唯々《いい》諾々《だくだく》と従っている理由の大部分につきまして、お話ししてしまいましょうか。いや……本当に恥ずかしい話なのですが……あの方の役に立ちたいのですよ」

「あの方って？」

反射的に尋ねたセリナに、バストレルは困った顔で答える。

悪意のないセリナの言葉は、ディアドラ以上に彼を困らせたらしい。

「どうしても私の口から言わせたいのですね。思っていた以上に酷なお方だ。もちろん、ドラン様です。前世においては古神竜ドラゴン、生まれ変わっては人間ドラン。私はドラン様のお役に立ちたいのです」

細い声ではにかみながら告白するバストレルを見て、本気で恥ずかしがっているぞ、こいつ――と、クリスティーナとディアドラは顔を引《ひ》き攣《つ》らせる。気味が悪い、の一言に尽きる。

「ああ！　この私が本心から誰かの役に立ちたいと望んでしまうなど、生まれてから、いえいえ、死んでからでさえ初めてなのですよ？　ましてやそれを公衆の面前で告白させるなんて……」

セリナ達は大いに戸惑い、またあるいは気味の悪さに吐きそうになったものの、バストレルが本気だという点だけは認めざるを得なかった。

バストレルは彼自身の願いも含めて、ドランを助ける為にもセリナ達を原初の混沌に送り届けるつもりらしい。それを理解して、セリナ達はようやく彼の助けを借りる決断を下した。

「わ、分かりました。どうやらバストレルさんも本気みたいですし、私達も信じて頼る以外に道がないのをよく理解しました。ちょっと驚きすぎて、上手く呑み込めていないところもありますが。とにかく具体的にはどうやって、私達をドランさんのいるところへ連れていくのですか？」

バストレルはかすかに赤らめた頬を元の色に戻し、気恥ずかしさを紛らわせる為に大きく一つ咳払いをする。

彼にしてはひどくありきたりな仕草であった。

「こほん、そちらのリリエルティエルさんでしたか、彼女がしようとしていた事と大きく変わりはありません。先程までは彼女を案内人として、竜界なり魔界なりを目指すおつもりだったようですが、その役目を私が担うだけの話です。古神竜の力を持つ私の方がより正確に道案内が出来ますし、原初の混沌と他の次元間に渦巻く戦闘の余波を突破するのも、私でなければ無理ですしね。その代わり、リリエルティエルさんには、ガンデウスさんとキルリンネさんでしたか——そちらのお二人同様に帰還する際の目印役を担っていただきます。生まれついての女神からの呼びかけであれば、より一層、道標として役立ちます。嵐の海の中の灯台役です。重要な役割と心得ていただきたい」

案内役を取って代わられたリリエルティエルは大いに落胆した様子を見せたが、それも一瞬の事。彼女にとっての神たるドランの助けとなる道がより強固になったのなら、それを真っ先に喜ぶべきと、ドラグサキュバスの女神は素早く思考を切り替えた。

「でしたら、私はガンデウス様とキルリンネ様と共に、強く強く、祈り続けましょう。導きの灯となれるのなら、これもまた名誉《めいよ》な事ですから」

「ふっ、納得していただけたのならば、話を進めるとしましょう。今の私なら、原初の混沌へ皆さんをお連れするのに、特別な儀式や道具は必要ありません。場所も気にする必要はありませんよ。地上世界においても神々が権能を比較的使えるこの塔は、もとより最適な場所でしたしね。それでも可能な限り原初の混沌の次元軸に近い場所まで行くべきです」

これから向かう先は、ドラン達が全力で戦闘を行なっている場所だ。

転移が出来るとはいえ、事前の確認もせずに無防備に出現すれば、巻き添えを食らって即座に消滅させられる危険性は否定出来ない。

たとえそうなっても、バストレルはセリナ達を全力で守るつもりでいるが、余計な力を使わずに済めばそれに越した事はない。

その為に、転移自体も可能な限り力を節約して行いたいのだ。

「リリエルティエル殿、貴女達が言うところの第七層第七七九区画に向かわせていただきますよ。あと二、三時間は、そこが最も原初の混沌に近い場所となりますから」

具体的に塔内の場所まで指定してみせたバストレルに、リリエルティエルは舌を巻く。

「既に塔の内部まで掌握済みですか。つくづく恐ろしいお方。濃密にドラン様の気配を持っているだけの事はありますね。分かりました。付近の同胞達に退避を命じておきます。幸い、塔内の冒険者の方々はまだ第一層止まりですから、退避勧告を出す必要はありません。それと、現場までは私が同行いたしましょう。これでも女神の端くれ。何かしらのお役には立つでしょう」

「ふむ、本物の女神にご助力いただけるとあれば、これは心強い。それで……私は、クリスティーナさん、セリナさん、ディアドラさん、ドラミナさん、リネットさんをお連れするつもりですが、そちらのお嬢さん方はどうされますか？　灯台役を果たすのなら、リリエルティエル殿と同行された方がよろしいですよ。この塔の中でもこれから赴く区画の方が近いですから、祈りが届きやすいのです」

バストレルに問われたガンデウスとキルリンネが、揃って頷く。

「そういう事でしたなら、このガンデウス、恐れながらご同行させていただきたく存じます。見知らぬお方」

「私も、私も！　ご主人様を真っ先に出迎えてあげたいもん！」

「おやおや、これはまた無垢《むく》な魂に相応しい幼い言動でありますな。保護者の皆さんは許可されるので？」

二人に対して皮肉ではなく本気でそう思っているらしいバストレルを気味悪がりながらも、ディアドラは頷き返した。

素直なバストレルは気色悪いが、ガンデウスとキルリンネの想いには応えてあげたいところである。

「私はいいと思うわよ。同行するだけなら戦闘にもならないでしょうし、ドランも私達と一緒に帰ってきた時に、この子達が迎えてくれたら喜ぶでしょう。ドランにとっても娘か妹みたいなものなんだし」

何気ないディアドラの言葉に、ガンデウスとキルリンネは傍目《はため》にも明らかに喜色を浮かべた。そしてバストレルも微笑みながらちらりと彼女達に視線を送る。

どうやら今の発言の中に、大魔導の琴線《きんせん》に触れる単語があったらしい。

「では、保護者の許可が下りた事ですし、さっそく向かうといたしましょう。リリエルティエル殿、タワーの内部でしたら貴女が一括で管理されているはず。このまま七七九区画まで運んでくださいますか？　細かい場所は現地に着いてから徒歩で向かえばよろしいでしょう」

「ええ。ドラン様達の戦いの影響はまだこの塔には及んでいないので、私の権限で皆様を七七九区画へお連れするのになんの問題もありません」

「それは良かった。では早速お願い出来ますか？　皆様の方はいかがでしょう」

バストレルが一同を見回すと、セリナ達は全員が今にも飛び出していきそうな気配を纏っていた。

これには彼も、確認するだけ無駄だったかと苦笑い。

目標とそこへ至る道筋が定まった時の彼女達の行動力を、バストレルは知らなかった。

「準備はよろしいようで。幸い、原初の混沌で行われている戦闘の余波は神々と竜種の手により、その他の世界にはまだ届いていません。転移する場所さえ間違えなければ、転移した直後に巻き込まれて即全滅という間抜けな事態は避けられます。ですが、七七九区画内で最も上位次元に近い場所に着いたら、原初の混沌に向かう皆さんは竜化をなさっておいてください。その方がドラン様と霊的にも肉体的にも近くなるのでお連れしやすいですし、不測の事態が生じた際に生き残れる確率が上がります」

「ここまで親身になってもらっておいて、すまないとは思うが……本気で身を案じられるとなんだか変な気分だな」

困った顔で告げるクリスティーナにバストレルは肩を竦めてみせた。突き抜けた美貌の持ち主がやれば、どんな仕草も芸術的になる。

「そこで罪悪感を抱く辺り、貴女方の善性の表れですかね。ところでドラゴンスレイヤー……おっと、ドラッドノートでしたね。ドラン様の居場所は私の方で把握していますから、貴方はもう観測機能を起動させなくてもいいですよ」

数少ない気心の知れた相手であるドラッドノートに話しかけるバストレルの声音は、セリナ達に対するものよりも幾分《いくぶん》か柔らかい。

ドラッドノートはかつての使い手に応えるべきか悩んでいたが、現在の所有者が軽く鞘を叩いて返事を促した。

「私に気を遣わなくていいぞ」

「分かりました。助言に従いましょう、バストレル」

数瞬の間を置いて、ドラッドノートが会話に応じた。

「素直でよろしい。お互い離れ離れになってから、良い運命に巡り会えたようで、安心しましたよ」

「貴方にとっては死後であろうとも、良い運命だと言えるのですか？」

「私がバストレルという自己を認識している限り、生も死も大して関係ありませんよ。ふふ、いやはや、貴方とこんな他愛のない話をする未来が待っていようとは。まったく面白いものです」

「……その点には同意します」

「ふふ、さてお喋りが過ぎましたね。ではリリエルティエル殿、私達を運んでいただけますか？」

「やっとですか。それでは皆様、転移酔いがあるかもしれませんが、その時には我慢せずに仰ってくださいね。さあ、行きますよ、一、二の三！」

パチン！　と小気味よい音を立ててリリエルティィエルが指を鳴らした次の瞬間、セリナ達は貴賓室から別の場所へと移動していた。

赤や青、緑に黄色の幾何学模様《きかがくもよう》の描かれた大小無数の四角い石が無造作に転がっている奇妙な場所だった。

上を仰げば青い空も黒い夜空もなく、天井も見えず、ただただ真っ白い雲が渦巻き続けている。彼方に目をやれば地平線の代わりに白い靄《もや》が漂っており、石の模様以外は全て白ばかりだ。

「命の気配がない所ね。ここって、元はどんなところだったのかしら？」

植物の気配がまるでないこの場所に、ディアドラは自分の居場所がないと突きつけられているような気分に陥り、表情を曇らせる。黒薔薇どころかどんな花も木も草も見えない場所は、ディアドラにとって不愉快の極みだ。

セリナも似たような心境であるらしく、尻尾を自分の体に寄せて周囲への警戒を露わにしている。

「セリナ様、ディアドラ様、どうぞご安心ください。タワーの内部は全て私共ドラグサキュバスの管理下にあります。この七七九区画に私達を襲ってくる者はおりません。ここはかつて生きた鉱物達が生態系の頂点に立っていた星の一部を、カラヴィス神が継《つ》ぎ接《は》ぎにした区画です。私達の立っているこの石は、全てがかつて星を支配した〝生きた石達〟の骸」

「では死体という事になるのでしょうか。リネットは背筋《せすじ》の震える思いです」

とは言ったものの、リネットの表情は変わっておらず、冗談なのか本気なのか判断に困るところだ。

リリエルティエルは一応、後者として受け止める事にした。

「一定以上の電流と魔力を流し込めば、ある程度は活性化しますよ。生き返った石に襲われたくない場合には、魔法の行使と電気の使用は控えるべき場所です。ただ、今の私達にはあまり関係のない話でございましょう。バストレル殿、この区画の中で我々が赴くべき地点はどちらに？」

「ふむ、思ったよりも移動の時期が早まりましたね。ドラン様達の戦闘の影響ですか。そろそろ他の場所に移ってしまいそうですが、まあ、間に合うでしょう。あちらへ。そろそろ竜化をなさっておいてください。それと、ガンデウスさんとキルリンネさんは、共にこちらに残られるリリエルティエル殿にお守りいただいた方がいいでしょう」

「……リリエルティエル様、ご迷惑をおかけしますが、お願い出来ますでしょうか」

「お願いします～」

この場で最も無力な存在である事実を屈辱と共に噛み締めながら、ガンデウスとキルリンネは深々とリリエルティエルに頭を下げる。

二人の胸中を察し、リリエルティエルは元々がサキュバスとは信じられないくらいに慈しみに満ちた表情で自分の胸を叩いた。

「どうぞお任せください。ドラン様にとって家族同然のお二人となれば、このリリエルティエルにとって主君の家族にして主神の家族も同然。我が全霊をもってお守りいたしましょう」

「ご立派な意気込みです。では少し歩きましょうか」

ガンデウス達のやり取りを見てから、バストレルは先頭に立って石の骸で構築された大地を進みはじめる。

欠けたものや丸みを帯びた石が一つもなく、大小の違いくらいしかないから、なんとも歩きにくい事この上ない。整然と並べられていれば石造りの道となるのに、しっちゃかめっちゃかに積み上げられたような状態だから性質《たち》が悪い。

するりするりと大蛇の下半身をくねらせて這《は》って進むセリナも、どことなく動きにくそうだ。

「うひゃ、これは進むのも一苦労ですね。いつかここに辿りついて冒険する人達は大変だぁ」

「わざわざタワーの中を苦労して登ってやってくる連中なんて、他に生きる術を見つけようともしない、どうしようもないのばかりでしょ。苦労するのが好きだからいいのよ」

ディアドラはどうにもこの場所と相性が悪いらしく、先程から機嫌がよろしくない。ありゃりゃ、と口にする余裕のあるセリナと比べれば随分と対照的だ。

二人の間を歩くドラミナも、この場所に対する感想を口にした。

「ふふ、私にはそう悪い場所ではありませんね。バンパイアであるこの身が特に支障なく行動出来ていますから、この場所の光源は太陽とは別のもののようです。他の方々には命懸けでも、私達ならば遠足気分で来られる場所です。ドランが無事に帰ってきて時間が出来たら、タワーの中を散策するのも良い気晴らしになるでしょう」

ドラミナの考えに、リネットが賛同する。

「その時には、このリネットが腕によりをかけて食事をご用意いたします」

「ならばリネットお姉様と同じく、このガンデウスも戦いばかりが能ではないところをご覧に入れましょう」

「ん〜と、じゃあ、私は味見と荷物持ちを頑張ります！」

わいわいと自己主張する三姉妹の様子に、クリスティーナはほっと安堵の息を吐いた。どうやら、気落ちした状態からは脱せられたようだ。

そうして会話しながら歩き続ける事十数分。一際大きな石が地面に半ば埋《なか》もれて、残りの半分がピラミッドの如く突き出している場所で、バストレルが足を止めた。

彼は虚空《こくう》に手を伸ばし、何もない場所の手触りを確かめるように数度動かしてから、セリナ達を振り返る。

「ここです。あと二、三分はここが最もあちらと近い。移動は一瞬ですが、嵐の中に飛び込むようなものと心構えをしてください。リリエルティエル殿とガンデウスさん、キルリンネさんも灯台役をよろしくお願いしますよ」

バストレルの言葉の直後に次々と竜化を果たしたセリナ達は、それまでは感知出来なかったドランとの繋がり――気配と呼ぶべきものが、ほんの僅かに感じられる事に気付いた。

それはバストレルの手が伸びた先から、本当にかすかに漏れていて、よく注意しなければ見逃してしまいそうなほどだ。

一方でドランとの繋がりによる竜化の手段を持たないクリスティーナは、ドラッドノートが保護機能を全開にして対応している。

これだけでは限定的とはいえ古神竜の力を得ているセリナやリネット達とは比較にならないが、彼女とドラッドノートには古神竜殺しの因子があった。

以前は竜種を前にすれば否応なく心身が委縮し、まともに呼吸すら出来なくなる負の遺産だったこれも、ドランとの出会いを経て、今では彼女に力をもたらすものに変化している。

因子がドランとの霊的な繋がりとして機能し、クリスティーナにも向こう側で戦っているドランの存在を感じ取れた。

ディアドラは体のあちこちに咲いている薔薇を七色に変えた姿で、娘のような、妹のような不思議な関係にあるガンデウスとキルリンネを振り返り、自信に満ちた顔で笑う。

それが強がりであると皆分かっていたが、空元気も元気のうちだ。これから向かう場所を考えれば、そんな態度をとれるだけ立派だろう。

「ガンデウス、キルリンネ、貴女達のお姉ちゃんと一緒に行ってくるわ。私達を心配させる困った人を連れて帰ってくるから、良い子にして待ってなさいね」

ガンデウスはきりりと表情を引き締めて、虹色の薔薇の精に頷き返す。

「ディアドラ様をはじめとした皆様ならば、必ずや成し遂げられると信じております。それはキルリンネも同じはず」

「もちろん！　私も皆さんが無事に帰ってくると信じて疑っていないもん！　無事に帰ってくるのよりも、また新しい女の人を連れて帰ってくるんじゃないかっていう心配の方が大きいかなぁ」

「おお、それもそう。キルリンネの言う通りですね。このガンデウス、皆様を主人と仰ぎ、足に口づけるのに躊躇はありません。むしろ喜ばしいくらいですが、新しい女性を連れてこられたら、皆様と同じようにお仕え出来るか自信はありません」

「私達のご主人様の、とっても困ったところだねえ……。それだけ魅力的だから、こんなに素敵《すてき》な女の人が周りに集まったわけだし、私達も見つけてもらえたようなものだから、ちょっとフクザツ～」

無邪気なキルリンネ達の会話を聞き、ディアドラが自然な笑みを浮かべる。

「ふふ、浮気性と言うのはまた違うのよね、ドランの場合。私達の方が彼を口説《くど》き落としたわけだしね。流石のドランでも、こんな状況では異性に言い寄る暇もないでしょう。呆れた男なのはとっくの昔に分かっていた事よ。これだけ私達を心配させたのだから、ドランが帰ってきたら好きなだけ我儘《わがまま》を言いなさい。そう長く時間をかけるつもりはないけれど、考える時間くらいはあるでしょう」

「それは素敵なご提案です。どんな我儘を叶えていただきましょう。うふふふ」

「ガンちゃん、ヨダレが垂れているよ～？　肉食獣の笑みだ～」

「そこがガンデウスの個性よね。さ、それじゃそろそろかしら。リリ、この子達の事、よろしくね」

本来であればディアドラはたかが黒薔薇の精で、かたやリリエルティエルは女神だ。このように気安く声を掛けたら神罰を下されてもおかしくはないのだが、この二人に限っては話が違ってくる。

リリエルティエルは女王を前にした臣下のように恭しく首《こうべ》を垂《た》れ、その瞳には忠烈《ちゅうれつ》の輝きを灯している。

このサキュバスの女神もまた自ら望んだ結果とはいえ、ドランと出会って運命を激変させた者の一人だった。

彼女にとって、そのドランの恋人達は立場を超えて崇敬の対象になるのだ。

「我が魂と引き換えにしても必ずや守り抜いてみせます」

「そこまで気合を入れなくていいわよ。この子達はオムツを履いた赤ちゃんじゃないのだから。それに、貴女が傷付いてもドランは悲しむわ。灯台役をお願いしているんだし、無理をしない程度に頑張って」

「はっ!」

短く応えるリリエルティエルの声はさらに気力が充実しており、ディアドラがかけた言葉は完全に逆効果だった。

ガンデウスが小さく、キルリンネが大きく手を振って見送る姿に、セリナやドラミナ達が口元を綻ばせる中、バストレルが流石にこれ以上は厳しいと声を張った。

「皆さん、もう時間がありません。別れも惜しいでしょうが、このまま皆さんをお連れします。そのまま古神竜の力を維持していてください。私がこれから向かう先に相応しい姿へと変われば、それで準備は終わりです」

ほんの少し、空気がざわつくのをセリナ達は感じた。

直後、彼女らを襲ったのは爪の先から産毛に至るまで全細胞が戦慄《わなな》く感覚。理由はすぐに判明した。

バストレルの背中から古神竜ドラゴンのそれと瓜二つ《うりふた》の七枚の翼が伸び、頭部からも三対六本の角が生えたのだ。それだけでなく、四肢は膨張して白い竜鱗に包まれたものへと変わって、コートからは長く太い竜の尾が零れ出る。

かつてドランが創造した宇宙の中で戦った際にバストレルが至った、半竜の肉体の再現であった。冥界の獄に繋がれたバストレルは、ドランとの対話を経た後、呵責を受けている最中でも密かに魂の錬磨《れんま》を続けていた。そして古神竜の因子をより精密に、より強力に使う術を編み出していたのである。

「皆さんにこの姿をお見せするのは初めてでしたね。人間のまま竜の力を行使する際のあの方を彷彿《ほうふつ》させる似姿でしょう？　私としては大変気に入っている姿なのですが、皆さんの視線を見るに、あまり評価は良くないようですね。残念です」

ドランを思わせる姿に変わったのを面白くない眼差しで見てくる一同に、バストレルはやれやれと溜息を吐いた。

彼がこの姿を気に入っているのは本当だし、低評価を残念がっているのも本心だ。

「では、覚悟はよろしいですか。皆さんの存在がなければ終焉竜の打倒は極めて難しいものとなるでしょう。なに、打倒が叶わなければ、その名にある通り、あらゆる既知世界が終焉を迎えるだけの話です。そう気負う必要はありませんよ。そうなったら、皆さんや始原の七竜を責める存在は一人も居なくなっていますからね」

緊張を和らげようとして冗談を言っているのか、それとも煽《あお》っているのか判断に迷う台詞だが……どうもバストレル本人は励ましているつもりらしい。

セリナ達は口をへの字に曲げて、この案内人の評価をやや下げたのだった。

それでも、いよいよドランの居る場所へ向かうとあって、一同が気を引き締める。

ディアドラは数歩離れたところで足を止めているガンデウスとキルリンネ、リリエルティエルを振り返った。

バストレルが芝居がかった仕草で鋭い爪を備えた指をパチンと鳴らすと、周囲に七色に変化する光が放たれて、ガラリと雰囲気が一変する。

次元の境目が揺らぎ、室内が原初の混沌への通路へと変貌しつつあるのだ。

「まずは終焉竜と始原の七竜の戦場の外側へと移動します。その後神々と接触を図り、皆さんの存在をあの方に気付かせるところまでは、私が責任を持ちましょう。しかし戦い自体の勝敗ばかりは、あの方に委ねる他ありません」

では、行きますよ――と、バストレルが呟くのと同時に、セリナ達の視界がぐにゃりと歪んだ。

天地がひっくり返るような感覚に五感が襲われ、体の中を見えない手でかき混ぜられているような不快感に見舞われる。

せめてもの救いは痛みがない事だった。

†

イリナの心に大きな不安の種を残して消えたレニーアの姿は、史上空前の争いが勃発している原初の混沌の中にあった。

ドラン達が聖法王国に殴り込みをかける姿をガロアの寮からつぶさに見ていた彼女は、かつて自分の命を奪ったドラゴンスレイヤーが量産された光景を見て激怒した。

そして六邪神が正体を現してドランが連れ去られたと認識した瞬間、思考が真っ白になった。

敬愛するドランが自ら原初の混沌に移動したのではなく、移動させられたのだと、すぐには理解出来なかったのである。

ドランへの妄信《もうしん》に近い崇拝の念が、レニーアに現実を理解させる枷となってしまったのは皮肉としか言いようがない。

意識がようやく再起動を果たした時、レニーアはすぐにでもドランの救援に向かおうとしたが、そこで彼女の理性が待ったをかけた。

自分などが果たしてドランの戦いの役に立つのかという疑念と、残されたセリナ達の安否が気掛かりだったのだ。

レニーアはまず、デミラザルに残る者達の状況を確認する事を最優先にした。

幸い、セリナ達は無事な様子で、大いに混乱はしていたものの、崩壊するデミラザルから脱出を果たしたようだった。

これならば、助けは必要ないだろう。

そうと分かれば、後はもう身命《しんめい》を賭《と》してドランの力になると考えるのがレニーアの思考形態である。

これまであらゆる敵を粉砕し、蹂躙し、撃滅してきたドランが初めて陥る窮地。その光景は、ドランに対して妄信の域に達しているレニーアからすれば、現実なのかと疑わずにはいられないものだった。

そんな敵を相手に、彼女はせめて肉の盾なり囮なりとして、少しでもドランの役に立ちたいと考えている。

自分が無事に地上世界へ帰還出来るとは思っていない。

死をも覚悟した時、レニーアの脳裏には、無二の友人であるイリナの、へにゃりとした笑顔が浮かんでいた。

彼女を守る為にも、ドランを追いつめている終焉竜をなんとしてでも倒さなければならない——

レニーアがそう結論付けるのに時間はかからなかった。

(あの終焉竜などとのたまった奴は、お父様達以外ではどうしようもない。今ここでお父様達に勝っていただかない事には、私もイリナも父上も母上も、誰も助かる未来はないのだ!)

そうしてレニーアは、短い言葉だけを残してガロア魔法学院の女子寮から姿を消し、原初の混沌で勃発した戦いへと参戦したのである。

神造魔獣としての前世よりもさらに強さと格を増したレニーアにとって、地上世界から原初の混沌の存在する次元への移動など造作もない。

始原の七竜が勢揃いし、神々と上位の竜種達の軍勢が参戦したのとほぼ時を同じくして、レニーアもこの未曾有《みぞう》の戦いへと殴り込みをかけた。

終焉竜とドラン達を中心とした隔離結界が張り巡らされていたが、中の存在を外に出さない事に特化している為、後から来たレニーアが侵入するのに支障はなかった。

これはもちろん、後の増援を見越したバハムートと神々が考えた仕様であり、褒めるべきは彼らの仕事である。

次元を超越する転移によって戦場に現れた時、レニーアはセリナ達の見慣れた愛らしい小柄な少女ではなく、魂の姿である竜種に似た神造魔獣となっていた。

全身に黒く縁どられた虹色の光を纏っており、ドランから継承した古神竜の力とカラヴィスから継承した大邪神の力を同時に発揮しているのが一目で分かる。

カラヴィスの血や涙から生まれた傍迷惑な女神達との戦いで覚醒した事により、今やレニーアは始原の七竜には及ばぬものの、最高神を上回る超越者へと成長していた。

それほどの力を持ったレニーアの参戦である。

当然の如く、母カラヴィスや戦神アルデス、混沌神ケイオス、大地母神マイラールといった最上位の神々はもちろん、終焉竜と戦闘中のドランにもその存在を感知されている。

この場にいるほとんどの者はレニーアの存在を伝聞で知ってはいても、直にその姿を見る事も気配を感じる事も初めてであった。その為、カラヴィスとドランに酷似《こくじ》した気配を持つレニーアの存在に度肝《どぎも》を抜かれる羽目になる。

そんな中、カラヴィスは唯一無償の愛を感じる存在を目の当たりにして、歓喜を抑えきれない様子だ。

「レニーアちゃん！　愛しいぼくとドラちゃんの一粒種ちゃん！　うんうん、ドラちゃんの危機だもの。君なら馳せ参じて当然だともさ」

大邪神であるカラヴィスとて完全なる終焉にして破滅の危機を迎えた状況で、愛娘が戦いに加わる危険性を憂う気持ちがないわけではない。だがそれ以上に、この状況下で父と母と娘の一家が勢揃いした事実に、心を弾ませているようだった。

その心の動きが、カラヴィスの広げる破壊と忘却の権能を具現化させた闇を活発化させる。

闇の一部が形を変えて、糸のように細い腕や丸太のように太い腕、針金のような毛に覆われた腕、昆虫めいた節のある腕となり、次々と周囲の終焉偽竜達へと伸びていく。

終焉偽竜の灰色の肉体は、触れられた箇所からボロボロと崩壊を始める。

言語に絶する苦痛と悪寒に襲われてもがく終焉偽竜だったが、すぐに痛みを忘れたように動きを止めて、肉体が崩壊するがままに任せてしまう。

再生に力を割いて崩壊を遅らせる程度の芸当は出来るはずだが、それをしなかったのは、カラヴィスの権能によって再生するという行動を忘却させられた事による。おそらく、自分達の存在意義や行動目的すらも分からなくなっているだろう。

本体である終焉竜にはまず通じないカラヴィスの権能も、雑兵である終焉偽竜に対しては有効だ。それがレニーアの参戦によって奮起した事で、必殺に近い効果を発揮していた。

カラヴィスの発する醜悪な蠢く闇の広がる速度が目に見えて増し、それに呑まれた終焉偽竜達が次々と貪り食われていく。その様は死や病を司る神々でさえ直視を避けるような惨たらしく、悍《むご》ましい光景だった。

他の神々や竜種達は、もし終焉竜に打ち勝つ事が出来たなら、次に滅ぼすべきはこの女神ではないかと心を一つにしていたほどである。

少なくともこの戦闘において、カラヴィスは偽りなく終焉竜打倒の為に全力を尽くし、裏で策謀《さくぼう》も何も巡らせてはいないのだが、普段の行動が悪い方向に影響してしまったわけだ。

一方の終焉偽竜達もただやられるばかりではなく、急速に被害を広げてくるカラヴィスに対して分裂と増殖を繰り返し、食べられた分の数を補おうと試みている。

それだけでなく、一部の個体は自らを力に変換して強力な灰色のブレスや光弾を放ち、カラヴィスから広がる気色の悪い闇に穴を穿ち、吹き飛ばすなど、反撃に打って出ている。

「あはははは！　終焉竜の排泄物程度の輩が、気力の充溢《じゅういつ》した今のぼくをそう簡単に倒せると思っ……ぎぃいぎゃあ⁉」

無数の腕と目玉と口の蠢く闇の真ん中で高笑いをしていたカラヴィスの顔に、終焉偽竜の放った光弾が直撃し、顔のど真ん中にぽっかりと穴が開いた。カラヴィスの言うところの〝本体である終焉竜の排泄物〟とて、最高神格である彼女の体を容易に吹き飛ばす力はある。

対して、並みの神なら絶命する一撃を受けても、即座に顔の穴を埋めて、憤怒に染まった表情で反撃を開始するカラヴィスの方も、腐っても最高神の一角と言えるだろう。

「げふ、ふ、ふふん。君達が森羅万象に終焉をもたらすのなら、ぼくはあらゆる破壊と忘却を司る大女神様さ。可愛いレニーアちゃんの目の前でカッコつけさせてもらおうか！」

さっきまで顔面に穴が開いていたとは思えない力強さで終焉偽竜との戦闘を再開するカラヴィス

の姿に、レニーアは内心でほっと安堵の息を吐いた。

父ドランをして訳の分からない不死身ぶりと言わしめるだけあって、カラヴィスが滅びるところは想像も出来ない。

だが同時に、カラヴィスは不死身にかまけて本来なら防げるか、避けられる攻撃を、無防備に受ける傾向がある。

カラヴィスがいくら攻撃を食らっても、周りは心の痛まない者がほとんどだろうが、レニーアは数少ない例外だ。すぐに復活するとはいえ、創造主である母が無防備に攻撃を受けて痛めつけられる姿は、心臓に悪い。

「ご無事なようで重畳《ちょうじょう》です。ケイオス様は何やら仕込みをなさっておられるご様子。そしてお父様達は……」

視線を転じたレニーアの瞳には、両腕を粉砕されながらブレスを撃つドランや、体のそこかしこを傷付けながら終焉竜と極大の力をぶつけ合う始原の七竜達の姿が映る。

「せめて盾にと思ったが、それも思い上がりか。私程度ではお父様達の身代わりにもなれん！」

あまりに非力な自分への苛立ちと焦り、悔しさがレニーアの声にありありと滲んでいた。

しかし彼女の心情など、終焉竜には――ましてや終焉偽竜の群れにはなんの関係もない。

彼らにとってはレニーアもまた終焉をもたらす対象の一つに過ぎず、自ら死地に飛び込んできた愚者でしかなかった。

知性も理性もなく一つの自然現象のように襲い掛かってくる終焉偽竜の群れに、レニーアは憤怒と嫌悪の色を浮かべた瞳を向け、神造魔獣の肉体に纏う黒い虹の輝きを増す。

「まさかあの勇者共よりも不愉快な存在がこの世にあるとはな……。貴様らはここ以外のどこにも行けん。行かせはせん。この場で悲鳴を上げる間もなく滅びていけ！」

神造魔獣の巨体を呑み込む怒涛の如き灰色のブレスに応じるように、レニーアは大顎を開いて黒い虹のブレスを放ち、これを迎え撃った。

いかにも竜らしいブレスは、射線上に居た終焉偽竜の群れに触れる端から抵抗を許さず、その灰色の体を消し飛ばしていく。

戦場を横断する黒い虹のブレスは、刹那の油断も意識の散逸《さんいつ》も許されない中で、神と竜達の意識を引くのに充分な衝撃をもたらした。レニーアが極めて特異かつ強大な力を持った存在であるのは、この戦場に姿を見せた時点で誰もが理解していたが、実際にその力を目の当たりにして改めて驚嘆《きょうたん》を禁じ得なかったのだ。

そしてそれほどの力を持つレニーアでさえ、始原の七竜と終焉竜の戦いに割って入れず、直接ドラン達の助けにはなれないのだった。

（こいつらの狙いは、隔離結界を展開している神々と竜種の殲滅。加えて原初の混沌を制御しているケイオス様の抹殺だろう。地上世界を含め、他の世界を終わらせる事などついでのように出来るのだから、意識すらしていまい。神と竜が力を合わせても侵攻を押し留められる程度、か。フン、いずれにせよ、イリナと共に終焉を迎えるその時まで地上で共に過ごすという選択肢をとらなかった以上、私にあるのはこの戦いに勝利するという未来のみ）

恐怖も躊躇もない終焉偽竜達は、レニーアをドラン達始原の七竜に近い——つまり脅威と見做《みな》した。

四方八方からレニーアに迫り、同士討ちも厭わずにブレスや光弾、あるいは肉体の一部を砲弾にして、豪雨の如くそれらを発射する。

レニーアは避ける隙間もない攻撃の雨の中に恐れず突っ込み、最も弾幕の薄い箇所を選んで、複雑怪奇な幾何学模様めいた軌跡を描きながら一気に終焉偽竜達へと肉薄する。

全身に纏う黒い虹の光が強力な鎧となり、直撃を受けてもほとんど痛みはない。

しかし、この状態のレニーアに守りを突破して攻撃を当てるというだけでも、雑兵に過ぎない終焉偽竜の強さを証明していた。

下位から中位の戦神や武神の類では単独で倒すのは至難を極めるだろう。

レニーアは力を集中し、両手に黒い虹の光を渦巻かせ、絶対の破壊の意思と共に終焉偽竜達を目掛けてその爪を振り下ろす。

レニーアの視界のほとんど全てを埋め尽くす数の終焉偽竜は、ある程度距離を詰めれば、彼女が腕を振るうだけで何十、何百とまとめて黒い虹が形作る巨大な爪に斬り裂かれていく。

自らの言葉の通り、レニーアは終焉偽竜達に断末魔の悲鳴を上げる間も与えずに滅ぼし続けた。

「さあ、さっさと纏めて来い。貴様らは何も成す事は出来ない。終焉が訪れるのは貴様ら自身だ。お父様達が貴様らの大元締めを片付けるまで、私達と命懸けで遊んで行け。それが私からの餞《はなむけ》だ！」

十重《とえ》二十重《はたえ》とレニーアの周囲を囲い込む終焉偽竜は、もはや壁と呼ぶべき密度になっていた。

そこから放たれる嵐のような攻撃の中に身を晒し、レニーアは壁を崩壊させせんとがむしゃらに戦う。

腕の一振り、尾の一薙《ひとな》ぎ、牙の一噛み、ブレスの一射、それがドラン達の勝利に繋がり、ガロアに残してきたイリナの平穏に繋がる。

そう信じて、彼女は魂の奥底からあらん限りの力を振り絞り、戦い続けた。そうするしかなかったのだ。

レニーアの参戦は、肝心のドラン達と終焉竜の戦いに直接影響を及ぼすものではなかったが、その周囲で行われる終焉偽竜との戦いにおいては、極めて大きな戦力となった。

周囲の神々や竜種と比較しても際立《きわだ》って強大な力を持つレニーアが、際限なく増殖し、千変万化《せんぺんばんか》に変容する終焉偽竜を相手に無双の活躍を見せたのは言うまでもない。同時にこれは、アルデスやカラヴィス達の負担を大きく減じた。

そして終焉竜の強化を阻害しているケイオスや、この場からの離脱を阻止する結界の展開に尽力している神々が、余計な負担を強いられるのを防いでいる。

その点においては、レニーアは間接的にドランの役に立っていた。

レニーアや冥界の軍勢が戦いに加わり、ドラン達も終焉竜を相手に有効打を叩き込む術を見出すなど、状況は少しずつ好転しているはずだった。

しかし、終焉竜が僅かに傷を受ける回数が増えたとはいえ、それが勝敗を左右する痛打に繋がっているとは言えない。

無制限に数を増やし、個々が平均的な神々に匹敵する終焉偽竜の軍勢は、その質と数によって神と竜の連合をじりじりと削り続けている。

このまま戦い続けても、薄氷のような均衡を維持するのが限界ではないか。

たとえそうだとしても、滅びるその瞬間まで抗《あらが》おうと、多くの者達が悲壮な覚悟を固めはじめた頃……この戦いを左右する、最も非力な者達がようやく戦場に到着した。

†

空間転移とも異なる奇妙な感覚は一秒と数える間もなく消え去って、室内の光景がドロドロに溶けて混ざり合ったものにしか見えなかった視界が変わりはじめる。

徐々に平静を取り戻した時、セリナ達は無数の光の粒とも泡とも見える〝世界〟で満たされた、雲海の如き場所に居た。

地面の上に立っているのとも、水に浮かんでいるのとも異なる不可思議な感覚だ。

肉体の動きではなく、自分の意思で自由自在に動ける場所なのだと、強制的に昇格した霊魂が理解する。

「ここが、原初の混沌？」

周囲を見回すセリナの視界に、同じように空中に放り出されたように浮かんでいるディアドラ、クリスティーナ、ドラミナ、リネット、そしてバストレルの姿が映る。

全員が無事に転移したようだと、セリナは安堵の吐息を胸中で零して、すぐに自分達がここに来た目的を思い出して視界を巡らせる。

「いたわ、あそこね。ドランと兄弟達もいるわ！」

ディアドラの指さす先を見れば、彼女達の目や知覚能力では捕捉しきれない現象を発生させ、無数の色が乱舞し、光と闇が明滅《めいめつ》する一画があった。

時折、影絵のように浮かび上がる巨大な竜の影の中に、彼女達が心を焦がして捜し求めたドランのものがあり、誰もが胸を詰まらせる。

ドランの健在に安堵しながらも、周囲の状況を把握しようと努めていたクリスティーナは、原初の混沌の中に小さな影が無数に浮かんでいるのに気が付いた。そしてそれらが地上との交信が途絶えた神々と竜界からやって来た高位の竜種達であると看破《かんぱ》する。

「バストレル、あれらが神々と竜種の方々か？」

「ええ。天界、魔界、竜界の住人の内、一定の水準を満たした戦える者が総動員されています。冥界の獄に繋がれた力ある者達も一時的に解放されて、囮やら壁やら、随分と酷使されていますね。神々と竜種は終焉竜との戦闘に直接関わってはいませんが、戦闘の余波や終焉竜の眷属から他の世界を守護する為に戦っているのです。そうでなければ、あの方をはじめ、始原の七竜の方々が気を遣って全力を出せないでしょう。神々がそれぞれ管理する世界そのものからもギリギリまで力を絞りつくして、どうにかこの状態を維持しているのが現状です。ふむ、あの方はまだこちらに気付いておられないご様子。私の想像を超えて苦戦しておられるのですね」

バストレルは何故か、ドランを驚くほどの敬意と共に〝あの方〟と呼ぶのに拘《こだわ》っていた。

しかしそんな事よりも、語られた内容の壮絶さに、セリナ達は息を呑む。

自分達がドランの所在を捜し求めている間に、世界がそこまで危機的な状況に陥っていたとは。そして最愛の男は命を懸けて戦い続けているのだ。

「さて、次にすべきは、セリナさん達の存在を伝える方法と、伝えるべき最良の機を見定める事でしょうか。私の考えの通りなら、そろそろ皆さんに声を掛けに来る方が居《お》られるはずなのですが……ああ、おいでになられましたね」

バストレルの視線と同じ方向を見たドラミナが、見る間にこちらとの距離を詰めて近づいてくる強大な存在を発見する。

それが見知ったものであるのに気付き、緊張に張りつめていた彼女の美貌が柔和《にゅうわ》なものに変わった。

「マイラール様ですね。それにレニーアさんとカラヴィス神も。皆様、無事だったようで、本当に安堵いたしました」

セリナ達に気付き、慌てて向かってきたマイラール達は、傍らに居る最高位の神に匹敵するか、それ以上の力を持つバストレルの存在に大なり小なり驚愕した。しかしそれも終焉竜や始原の七竜と比べれば些事と割り切り、この場に来る術のないはずのセリナ達に声を掛ける。

「セリナさん、ディアドラさん、ドラミナさん、クリスティーナさん、リネットさんも！　どうしてこの場に来られたのですか。今やここは、神であろうとも判断を誤れば消滅しかねない苛烈な戦場です。貴女達が来るにはあまりに危険な場所なのですよ？」

我が子を慈しむ母を思わせる慈愛を向けてくるマイラールに、セリナ達は大いなる安堵と共に、感謝の念を抱いた。

この偉大なる女神もまた、ドランの為に全力を尽くして戦っているのだ。

セリナ達の身を案じたのはマイラールばかりではなく、レニーアも同様であった。古神竜形態のドランを思わせる神造魔獣になったレニーアの姿を見慣れていないセリナ達は、少なからず驚いたが、そんな場合ではないと自制し、表に出さなかった。

一方のカラヴィスは、セリナ達がすっかり見慣れた旅の踊り子――ラヴィの姿をとっている。つい先程までは無数の異形の姿に変身して戦い続けていたのだが、セリナ達にはこちらの姿でないと気付かれない可能性があると思い至ったようだ。

「お前達の事だから、僅かなりともお父様の助けとなろうと考えたのは容易に想像がつくし、私も同じ気持ちであるからそれを責めたりはしない。しかも、本当にこの場に来るとは見上げた行動力だが……よりにもよって、頼るのがそやつか」

レニーアがこの上なく冷え切った眼差しをバストレルに向けた。

彼女にとってバストレルは、叶うならば自分の手で抹殺したい対象なのである。

かつて対峙した時には力及ばずドランの手を煩わせたが、今の古神竜の力に目覚めているレニーアならば、五分の戦いが演じられるだろう。

こんな状況でなかったら、レニーアはバストレルの存在に気付いた瞬間に襲い掛かっていたに違いない。

「相変わらず、私を見る目が厳しくていらっしゃる。私という存在がご不快であるのは理解しますが、異論や文句は私の運用を決められたハーデス神や閻魔大王へどうぞ」

「ふん！」

レニーアから殺意と敵意と疑念を向けられても、バストレルは風に柳とさらりと受け流して、まともに取り合わない。

状況を考えれば、彼女が戦いを挑んでくるわけがないと理解しているからだろう。

ただ、その様子を見ていたリネットは、バストレルがレニーアとの会話を楽しんでいるように感じられた。

先程、彼が〝ドランの役に立ちたいのだ〟と恥じらいながら告げた時と、似たような雰囲気なのである。

一見すると険悪とも取れる雰囲気の二人を無視して、カラヴィスだけが訳知り顔でべらべらと喋り出す。

「うんうん、セリナちゃん達ならまあやるよね、原初の混沌にやってくるくらいは、さ！　ところで……君が例のバストレル君か。いやはや、こんな状況でなかったなら、ぼく直々に、魂を、転生が出来なくなるくらい徹底的に細かく砕いて、壊して、狂わせるところなんだけれど、まったく運のいい奴だ！」

この状況でもまだおちゃらけた態度をとる余裕があるのか、それとも、そうでもしなければやっていられないのか。

判断が難しいが、セリナ達はなんとなく後者であると感じられた。

ドランが苦戦している、という現実がどれほど異常であるか、見方によってはカラヴィスほど理解する者はいないだろう。

何しろ、これまで数限りなくドランに挑んでは返り討ちに遭ってきたのが、この破壊と忘却を司る大邪神なのだから。

そんなカラヴィスに冗談半分に脅《おど》されても、バストレルは涼しい顔だ。

「ははは、カラヴィス神にそのように評価していただけるとは、なんとも畏れ多い。他力本願とはいえ、神の領域に至ったこの身でも、破壊と忘却の大女神が相手となると肌が粟立《あわだ》つものですね」

そう畏まって見せるが、口元に余裕の笑みを浮かべているし、粟立つと言った肌にもなんら変わりはない。

カラヴィスを自分よりも格下であると見做しているのならば、傲慢に等しい自信家ぶりだ。

「カラヴィス、バストレル、今はいがみ合っている場合でも、皮肉を言い合っている場合でもありませんよ。貴女達も、分かった上で言葉を重ねるのはお止めなさい」

口喧嘩をしている暇はないと窘《たしな》めるマイラールに、二人は態度こそ違えども素直に従った。

追い詰められた状況であると、お互いに理解はしているのだ。

「偉大なるマイラール神のお言葉とあれば、従いましょう」

バストレルがマイラールに対しては本物の敬意を感じさせる対応をするのを見て、カラヴィスは苛立たしげに鼻を鳴らす。

「ふん！」

それでも、カラヴィスもこれ以上私情で話を滞《とどこお》らせるのは憚《はばか》られたらしく、黙ってマイラールの話に耳を傾けた。

「ハーデス達がセリナさん達をこちらに来るよう仕向けたのは、ドランに対する発破《はっぱ》の役割を求めたからですね？」

確信している口ぶりのマイラールに、バストレルが優雅《ゆうが》に首肯《しゅこう》する。

「ええ。魂と力の劣化したあの方ですが、心という点においては前世を大幅に上回る活性状態にあります。その原動力となるセリナさん達の姿を見れば、この上なく奮い立たれるでしょうから。とはいえ、あれほどの接戦となると、こちらに気付いた瞬間に出来る隙が、かえって致命的な失敗になってしまいそうですが……」

「それではリネット達がここまで来た意味がありません。マスタードランの足枷になるくらいなら、来ない方がマシなくらいです」

バストレルの言葉に、堪らずリネットが抗議の声を上げた。

自分達がドランの役に立つと言われ、誰もが奮起し、歓喜したというのに、それではまるっきり逆だ。

この期に及んでそんな事を言われれば、文句の一つも言いたくなる。

リネットの左肩にそっと手を置いて慰めるディアドラも、瞳には葛藤《かっとう》が渦巻いていた。

しかし、バストレルは彼女らの葛藤も想定の内と涼しい顔で答える。

「ご安心を。こういう場合も事前に想定済みです。私が古神竜の力を持つのと同様に、もうお一方、古神竜の力をお持ちでしょう？　その方が私共々重要な役割を果たされるはずです。違いますか？」

バストレルの言う古神竜の力を持つもうお一方――レニーアは、はなはだ不服そうに竜に似た顔を歪める。

「貴様に言い当てられるのは大変不愉快だが、その通りだ。もう間もなく、お父様達は切り札の使用に踏み切る。その時に、終焉竜の横槍を必要な時間だけ止められるのは私だけだ。それに備えて、今も力を蓄えている。カラヴィス様にご助力頂いた上でな」

レニーアの隣で、カラヴィスが得意げに胸を張る。

しかし、セリナにはドラン達の持つ〝切り札〟がなんなのか思い至らず、小首を傾《かし》げてレニーアに尋ねた。

「あの、ドランさん達の切り札って？」

「私もカラヴィス様からのまた聞きだが、かつて〝一つ〟から〝七つ〟と〝その他〟に分かたれたあの方々が、再び一つとなるのだ。すなわち、始祖竜への回帰だ。むぅ、お前達が間に合ったのか、そうでないのかまだ分からんが、見ろ！　お父様達が！」

レニーアが告げたように、ドラン達始原の七竜の持つ切り札とは、再び始祖竜へと回帰する事である。

これまで実際にそれを行なった例はなかったものの、ただそれが出来るという確信だけが七竜にはあった。

これは単純に七つの力を合わせるという意味ではない。

牙は牙として、翼は翼として、尾は尾として、五体は五体として、眼は眼として、頭は頭として、そして心臓は心臓として、それぞれがかつての始祖竜の部位へと回帰する。純粋に機能する事でより強大な力を発揮出来るのだ。

そして始祖竜化への懸念は、今七竜それぞれが持っている心がどうなるか、という点にあった。

始祖竜の心はドランが継いでいるが、それでも現在、彼が持っているのはドランとしての心だ。

在りし日の姿へ回帰した結果、純粋な始祖竜としての心へと変化し、始原の七竜の誰でもなくなる可能性がある。

しかし、七竜全ての自我の消失と引き換えにしてでも、勝たなければならない強敵が目の前に居た。

出現してしまったのだ。

「このまま七体がかりで戦っていても埒《らち》が明かんな」

最初にそう切り出したのは、終焉竜に引き裂かれた下半身を再生中のバハムートだった。

声に苦痛の響きはなく、見る間に傷も癒えていくが、徐々に、微々たる変化ではあったが、再生速度が遅くなっている。

それはバハムートに限らず、盾となって最も多く終焉竜の攻撃を受け止めているリヴァイアサンに特に顕著《けんちょ》だった。今も彼女の長大な体のあちこちが抉られており、その再生は目に見えて遅くなっている。

終焉竜に対してドラン、アレキサンダー、ヒュペリオン、ヴリトラが全力の攻撃を間断なく繰り出している中、バハムートの言葉にヨルムンガンドが応じる。

彼もまたその頭部の半分を首の付け根から吹き飛ばされており、音を立てながら再生している最中であった。

「形勢はこちらが不利だ。我々も覚悟を決める時だ。そして全員がもうその覚悟を固めている。始祖竜に対するものが終焉竜ならば、我々もそれに相応しくなるしかないのだ」

「あれが始祖竜の残した災禍だとすると、それを払うもまた始祖竜であるべきなのかもしれんな。……ドラン、アレキサンダー、ヒュペリオン、ヴリトラ！」

バハムートの叫びが、終焉竜に吹き飛ばされた竜達に届く。

足止めにバハムートが放った黒炎が終焉竜の全身へと群がる間に、ヨルムンガンドがドラン達の姿を幻視して自分達の傍に引き寄せる。

ドラン達はバハムートの叫びを聞いた時から、竜界の長たる彼が切り札を出す以外にもはや手がないと判断したのを察していた。

そして自分達が〝自分達〟でいられる最後の時が来たのかもしれないという事実も。

「ぼくはまあ、別にいいんだけれど、ドランだけは心残りがあるよねえ。ごめんね、ぼく達でいられるうちに倒せればよかったのに」

間延びした口調ではあるが、心から申し訳なさそうに詫びるのは、跡形もなく吹き飛ばされた首から下を治している最中のヒュペリオンだ。

アレキサンダーは既に傷付いた肉体の再生を終えているが、苛立ちを隠さずにふん、とそっぽを向いている。

それは再び始祖竜へと回帰する事への嫌悪ではなく、ヒュペリオン同様に心残りのあるドランを巻き込まなければならなくなった自身の非力さに苛立っているのだ。

「こればかりは妾も謝らなければならん。もう少し早う気付いておればと、意味がないと分かってはいてもついつい考えてしまうのう」

再生した体をゆらりとくゆらせて、リヴァイアサンもまたドランに謝罪の言葉を重ねた。

そうしている間も彼女は、億千万本と圧縮した水の槍を終焉竜に向けて四方八方から放っている。

同胞達の言葉に、ドランは一度だけ目を閉じてから、吹っ切れたように笑う。

「皆の言う通り、人としての生に未練も悔いもあるが、アレを倒せずに終わればどうなるかを考えれば、答えは出ている。迷うまでもないさ。もし始祖竜ではなく、私達の誰の心が残ろうとも恨みっこなしだ。もちろん、私は消えるつもりは毛頭ないよ」

それはドランの偽らざる本心だった。

だが同時に、誰も残らないとドランを含めた全員が予感していた。

皆の覚悟を確かめたバハムートは、一度大きく頷く。

「ふ、そうだな。それでいいのだろう。ならばドラン、リヴァイアサン、アレキサンダー、ヨルムンガンド、ヒュペリオン、ヴリトラ、再び会える事を願うぞ！」

始祖竜となり終焉竜を倒した後、再びその身を裂いて妹と弟達の再会出来る事を願い、バハムートは炎に包まれたようにその身の輪郭《りんかく》をあやふやなものへと崩した。

「母体となるのは妾か。ドランには悪いが、主導権を握るのは妾かもしれんな」

リヴァイアサンはドランの軽口に付き合うように、笑いながらその姿を無数の青い光の粒へと変える。

彼女は最後の最後まで、ドランに対して姉の如く振る舞うのをやめなかった。

「実はぼく、始祖竜に戻ったらどれだけ速くなれるのかって興味があるんだよね。だから、それが確かめられたら、ドランに譲ってもいいよ！」

ヴリトラはどうも本気でそう言っているらしい。

ドランへの気遣いもあるのだろうが、それ以上に自身に対する興味の方が大きいようで、いかにも彼女らしかった。

にかっと笑いながら、自慢の翼も含めてその姿をつむじ風に変えて消える。

「ぼくもヴリトラみたいな意見かなあ。普段も眠ってばっかりだし、尻尾に戻って心が消えてしまっても、それはずうっと眠り続けるのとそう変わらないと思うし～」

ふわあ、とその場であくびを零しそうな調子のヒュペリオンは、ことさら心情が読めない。

自身が消えてしまう事への恐れがないわけではあるまいが、眠り続けるのならばそう大差はないと本気で思っていてもおかしくない。

ヒュペリオンは夢の国へ行ってしまったように、紫色の霞《かすみ》となって消えた。

「私にはドランほど執着したものもない。終焉竜の謀略《ぼうりゃく》を見逃していた事への悔恨と申し訳なさがあるばかりだ。故に、終焉竜の抹消が私の未練だ。そう考えれば、ドラン、やはり心が残るのは君だろう」

ヨルムンガンドは原初の混沌の異変に気付き、監視を続けながらもこの事態を防げなかった悔恨を強く滲ませながら、消えるわけにはいかない理由のあるドランを激励した。

その声が次第に小さくなっていくのと共に、彼の最も遠くを、最も深くを見通す瞳も残らず消えていった。

「ふん、どいつもこいつもお人好しだ。私は譲る気はないぞ。だが、私にとって貴方がいないと張り合いがないのは事実だ。……お兄ちゃん、後は任せます」

アレキサンダーは意地と見栄《みえ》で強がってみせるが、結局、隠しきれなかった本音を吐露した。

彼女は泣き笑いのような表情を浮かべると、銀の鱗を一際強く煌めかせながら、燃えるようにその姿を消していく。

そして、ドランは……

第五章――――新たなる者

終焉竜はバハムートの黒炎とリヴァイアサンの水の槍を翼の一打ちで薙ぎ払い、始祖竜へと回帰しつつある始原の七竜を見る。

その瞳にも佇《たたず》まいにも、慌てた様子は欠片もない。

始祖竜への回帰は終焉竜となった六邪神達も想定した事態であった。始祖竜が始原の七竜の力を単純に足すよりも強大な力を示すのは、まず間違いない。

だが、〝完全な始祖竜への回帰〟は不可能だと六邪神、そして終焉竜は知っている。

始祖竜は己を引き裂いて、始原の七竜と最初の世代の竜種達となった。

その最初の世代の竜種達はこの戦場において、次元の違う戦いに割って入れずにいた。神々と共に遠巻きに眺め、終焉偽竜らと戦い、世界の守護に全力を尽くしている。

始原の七竜のみの融合では、不完全な始祖竜が出来上がるだけだ。

ドランをして始祖竜を上回ると言わしめた終焉竜に、どうして不完全な始祖竜が勝利しうるというのか。

また最初の世代の竜種達は、始祖竜の細かな血肉などが原初の混沌と混ざり合い、誕生した存在である。

つまり、純粋な始祖竜の一部ではなく、原初の混沌という不純物が混ざってしまっている。仮に彼らがこの戦場に居たとしても、始祖竜への融合は不可能だろう。

「始祖竜を葬るのも一興ではあるが、無駄に手こずる趣味はない。消えよ、かつて選ばれた始祖竜の意志よ」

終焉竜の顎が開き、その奥にドラン達を何度も脅《おびや》かした灰色の光が再び宿る。

ドラン達が始祖竜へと回帰し終えるまでの時間は、終焉竜が一撃を加えるのには充分すぎた。

僅かな感慨もなく、淡々と終焉のブレスを撃ち放とうとした終焉竜は――目の前のドラン達とは遠く離れた位置に突如として生じた古神竜の気配を感知し、かすかな驚きを抱く。

何故？　と疑念を抱く終焉竜の横っ面に、黒く縁取られた虹色の光弾が直撃し、終焉竜が放つ寸前だったブレスが掻き消える。

「お父様の邪魔をしようなど、未来永劫早いわ！」

「レニーアちゃん、その言い方って合ってる？　ねえ？　まあいっか。わははははは、ぼく達を眼中に入れていなかったのは失敗だったね、ボケ邪神の馬鹿集合体！　生き恥晒しの権化ちゃん！」

光弾の放たれた方向には、これまで高め続け、そして隠し続けた古神竜の力をありったけ込めた一撃を放ち、疲弊しながらも憤怒しているレニーアの姿があった。そしてその頭の上には存在の消滅ギリギリまで自分の力を譲渡しているカラヴィスが乗っている。

「うつけめ。目障りな……？　？？」

邪神時代には脅威だったカラヴィスに侮蔑の眼差しを向けた終焉竜は、そのままレニーアごとブレスの一閃で消滅させようとする。

しかしそこで——ふと、それよりも優先するナニカがあったはずだと気付く。

何か、何かを忘れていると思い至った直後、終焉竜は〝始原の七竜が始祖竜へと回帰しようとしている〟のを、僅かな間とはいえ忘却していた事実を理解する。

「カラヴィス、貴様っ！」

「ふふふふ、くははははっは、ぼくが何を司るか忘れたぁ？　ぼくは破壊と〝忘却〟の女神様だぜ？　レニーアちゃんの古神竜の力にぼくの権能を乗せれば、ちょっとした時間稼ぎくらいなら出来るさ！　そうら、始祖竜が蘇るぞ、パチモン！」

融ける。

解ける。

溶ける。

とける。

消える。

自我が、記憶が、精神が、感情が、心が。

古神竜ドラゴンとしても、人間のドランとしても、彼を彼たらしめた要素が次々と消えていき、それは自分だけでなく、他の兄妹達も同じだと理解する。

自分と彼らを区別するのは無意味だ。

生まれる前の姿へと戻り、一つとなるのならば、もはやそれは彼らではない。

一つとなれば、それはもう別の誰かとなるだけ。

けれど、そうしてかつての愚かな過ちを消し去れれば、彼女達を守れる。それでいい。それでいいのだ。

自分の名前が消え、兄妹達の名前を忘れ、始まりの竜が急速に形を成し、存在を確立させる中、それが聞こえた。

こうなってもなお、まだ忘れずにいた彼女達の声が。

自分が消えたとしても生きていてほしかった最愛なる者達の祈りが、声が。

「ドランさん！」

初めて会った時から愛らしくて堪らないラミアの声がする。

「ドラン」

困ったように笑いながら自分を励ます黒薔薇の精の声がする。

「ドラン」

月光のように寄り添ってくれるバンパイアの女王の声がする。

「ドラン」

長い付き合いとなったのに自分を頼るのが下手な、最も縁深き少女の声がする。

「マスタードラン」

今も貴方の所有物だと公言して憚らないが、心を豊かに育みつつあるゴーレム少女の声がする。

ああ、そうか、来てくれたのか。

そしてドランは一つとなった。とても穏やかな気持ちのまま、安堵するように新たな何かへと。

†

「笑止、完全な始祖竜であろうとも我には及ばず。なれば、何をか恐れん！」

カラヴィスの忘却の権能の影響が消え、始祖竜の存在を思い出した終焉竜が、不完全なる始祖竜を自分の手で抹殺せんと、八枚の翼を羽ばたかせて飛翔する。

輪郭を作りつつあった七色の粒子がついに動きを止めて、明確な竜の形を持つ。

そこに渾身の力を込めた右腕を振り上げる終焉竜が襲い掛かった。

ドランもリヴァイアサンも、受ければ絶命を免れない終焉竜の一撃を、形を得た始祖竜の左腕が受け止めた。

微動だにしないその手応えに、終焉竜が五つの目を見開く。

そこへ始祖竜の右拳が叩き込まれた。

拳は何本もの牙と鱗を砕いて、終焉竜をはるか彼方へと吹き飛ばす。

「貴様、始祖竜では、ない？　不完全な始祖竜ですらない、にもかかわらず、何故ここまでの強さを‼」

八枚の翼を広げて体勢を立て直した終焉竜は、虹色の瞳に映る一体の竜に向けて叫ぶ。

そこに居た竜は、始祖竜の意志の片割れを持つ終焉竜の記憶にある姿ではなかった。

全身を白い鱗で覆い、背から広がる七枚の翼も含めて七色の燐光を纏い、七つの角を持つ頭部。

胸の中央と両肩、両手にも水晶のような物質が埋め込まれ、色の異なる二つの瞳と合わせて七色の輝きを放っている。

不完全か完全かという意味ではなく、始祖竜ではなかった。

あえて呼ぶならば、古神竜を超え、始祖竜という枷から解放された新たなる者――超新竜《ちょうしんりゅう》ドラン！

「貴様が眼中にすら入れなかった者達のお蔭だ。貴様が知る事の出来る終焉はただ一つ、貴様自身に訪れる終焉のみだ！」

ドランと変わらぬ声で、ドランであってドランではなく、そして始祖竜でもない竜は決然とそう告げて、終焉竜へと挑む。

「我の知らぬ新しき者。古神竜でも始祖竜でもなき存在！　だが我は終焉竜、始祖竜の選ばざる意志、邪神の悪意をもって、森羅万象、万物に等しき終焉をもたらす者。汝であろうとそれは変わらぬ！」

ドランの一撃によって砕かれた牙と鱗が見る間に形を取り戻し、終焉竜は自身と同等の領域に到達した不倶戴天《ふぐたいてん》の敵を前に、全身から闘志と魔力を滾《たぎ》らせる。

これまで終焉竜が戦っていた始原の七竜は格下であったが、今のドランは違う。

終焉竜が憐《あわ》れみや嘲りを捨て去り、滅殺の一念のみを凝《こ》らして戦わなければならぬ、忌まわしき存在である。

「捨て去った選択を蒸し返すとは、つくづく始祖竜とは救いようのない愚か者だったな！　始祖竜より生じた竜種にとって、貴様の存在はこれ以上ない恥だ。そして命ある全ての者達にとって災厄以外の何物でもない。せめて、我らと共にあり続けたこの原初の混沌にて滅びよ、終焉竜！」

共に始祖竜を源流とする最新最強の超越者たる二柱の竜は、合わせ鏡のような互いに対する必滅の覚悟と決意と共に、全力のブレスを全く同時に放った。

終焉竜の放つ灰色のブレスと、ドランの放つ虹色のブレスが衝突し、巨大な爆発を起こす。

周囲に波及する力の凄まじさに、既存の世界を守護する他の神々や竜種達は、苦痛の色を浮かべながら増加する負荷に耐えた。

他方、終焉竜とドランはブレスの放射を撃ち切るや、お互い目掛けて八枚と七枚の翼を勇壮に羽ばたかせ、同等の速度で距離を詰める。

「オオオオオ！」

無数の世界から成る原初の混沌そのものを震わせる咆哮と共に、ドランと終焉竜ががっちりと両手で組み合った。

終焉竜は貴様を滅ぼすという意志で満たされた咆哮を上げて、ドランの首元を狙って食らいつこうとする。

「ガアアアアア！」

もはや神も魔も竜も及ばぬ、互い以外に並ぶ者なき超越者の戦いは、極めて原始的な力と力のぶつかり合いの様相を呈していた。

その戦いをセリナやディアドラ、ドラミナといったベルンの女性陣は腕を振り上げ、声を張り、ドランへ届けと声援を送りながら見守っている。

「頑張れ、ドランさん！」

「危ないっ、噛みつき返しなさい！　そこ、そこ！」

セリナとディアドラの声が重なる。喉が破れても構わないと大声を上げて叫ぶ彼女達の声援を聞いて、バストレルは微笑みを抑えきれなかった。

必死なのは痛いほどに分かるのだが、ドランと終焉竜の戦いの規模に比べて、セリナ達の声援ときたら実に人並みだ。

ありふれた日常の範疇に収まる行為と言い換えてもいい。

——だからこそ。

ドランの望む日常そのものであるからこそ、彼にとって何よりの力となるのだろう。

バストレルはそれが理解出来るように変わっていた。

「セリナちゃん達は相変わらず初々《ういうい》しいねえ。リネットちゃんがあんなに必死になっているのなんて、ぼかぁ、初めて見たね」

そのように親戚めいた感想を口にしているのは、神造魔獣形態のレニーアの頭の上で力なく寝そべっているカラヴィスだ。

レニーアは渾身の力を絞り尽くし、これ以上ドランに加勢出来るような状態ではない。

「おや、カラヴィス神、随分と心穏やかなご様子ですね。もう勝利を確信されたのでしょうか？」

騒がしいセリナ達からカラヴィスに目を転じ、バストレルがにこやかに語りかけた。

彼の体のそこかしこにドランと共通する部位が見受けられる事実に気付き、カラヴィスは笑みこそそのままだが、実に不愉快そうに眉をヒクヒクと引き攣らせている。

「ああなりゃドラちゃんの勝ちでしょ。てっきり不完全な始祖竜への融合が来るもんだと思ってたら、それを上回るとんでもないのが出てきて腰を抜かしたとこさ。ありゃ、他の六竜の自我は消えちゃっているかな？」

「さて、それは私にも分かりかねます。全ては、始祖竜とならない道を選んだあの方が勝利されてからの話です」

「ふぅん？　今もドラちゃんとの力の経路を繫いでいる君でも分からないのかい？」

「おや、意外と目敏《めざと》い――と、申し上げては不敬ですかね」

「不敬に加えてぼくを見くびりすぎだねえ。ドラちゃんとレニーアちゃんが力を揮う度に、君にもその力が反映されて強大になるっていう性質を利用したのだろう？　君とドラちゃんの間にある経路を伝って、セリナちゃんやドラミナちゃん達の声をドラちゃんに届けた。いや、今も届け続けているってわけか」

「ええ。始原の七竜が融合する際に出来る隙を、古神竜の力を持つレニーアさんの存在によって終焉竜の意識から逸らす。そして、あの方との経路を繋いでいる私が、セリナさん達の声を伝えて奮起を促す。対終焉竜戦の苦肉の策ですよ。幸いにして、あの通り効果は覿面《てきめん》です。もっとも、私の魂はひっきりなしに悲鳴を上げていますよ。やはり私では今のあの方はおろか、古神竜としてのあの方の力を受け止めるには器が小さすぎたようだ」

バストレルは何一つ偽りを口にしていない。

カラヴィスタワーでセリナ達の前に姿を見せた時点で、ドランが全開で力を揮う影響によって増加し続ける力の強大さは、とっくにバストレルという器の許容量を超えていた。そしてそれは言語に絶する苦痛を彼にもたらしている。

それを——この上なく慌てふためいていたとはいえ——セリナ達に微塵《みじん》も気付かせなかったのは、バストレルの強靭なる精神力の賜物《たまもの》だ。まがりなりにも最高位の超人種にして神の領域に到達した存在だからこそ為し得たと言える。

そして、それを見抜いたカラヴィスもまた、流石は大女神と呼ぶべきだろう。

もちろんマイラールも、最初にバストレルが声を掛けてきた時点で気付いてはいたが、指摘する理由はないと追及しなかった。

以前ならば自分の器をはるかに超えるドランという存在を憎み、羨み、妬みもしたろうが、今のバストレルはただただ流石、と感嘆《かんたん》の気持ちを抱くばかり。彼の中に不愉快な感情は一欠片もない。

レニーアは今も息絶え絶えではあったが、そんなバストレルの魂の状態を認めると、少しばかり態度を改めてもよいと判断したらしい。

ほんの僅かに敵意を和らげた視線を向け、言葉をかけた。

「ふん、その献身は評価してやらねばなるまい。貴様の存在は目障りで鬱陶しい事この上なかったが、まったく意味がないわけではなかったな。ふん！」

最大限譲歩したとはいえ辛辣《しんらつ》なレニーアの言葉だったが、バストレルは心の底から嬉しそうに笑う。

「ああ、これは望外のお言葉です。私にとって貴女にそのように評価していただける事は、あの方にお褒めいただくのに次ぐ栄誉に他なりません」

「なんでお前はそこまで私に懐いているのだ。気色悪い」

レニーアは盛大に顔をしかめた。

彼女の愛するイリナがこの場に居たら、レニーアの不快を示す最大級の表現だと気付いて肝を冷やしただろう。

「おやおや、これは冷たい事で。ふふ、冥界で死んでいる間に、少々心変わりをいたしまして。それだけですよ、それだけ」

煙《けむ》に巻《ま》くように笑うバストレルを見て、レニーアは気色悪い、気色悪いと何度も繰り返した。

その間もドランと終焉竜は幾度となく激突していた。

距離を開き、ブレスを放ち、無数の光弾をばらまき、魔力の嵐を巻き起こし、互いの守護結界を貫き、鱗を砕き、肉を裂き、血を撒き散らし、命を削り合っている。

カラヴィスは楽勝と言わんばかりの態度であったが、その実、両者は一進一退の攻防を繰り広げている。

そんな互いの血肉を削り合う凄惨な戦いの中、新たな動きがあった。

これまで不動だったケイオスが神器である大鎌を頭上に構えると、セリナ達の傍に移ったマイラールに向かって大声を張り上げる。

「マイラール、ようやく整った。急げよ！」

終焉竜の混沌食いの阻止と同時進行で行なっていた仕掛けの完了を告げられたマイラールは、持てる力の全てを使い尽くす勢いで応じる。

「もっと早く行いたかったものですが、最後の最後で間に合いましたね！　原初の混沌よ、かつて我らが生まれ、我らが世界を作る基礎とした次元よ！　今ここに大地母神マイラールと混沌神ケイオスの名において、新たな世界を創造せん！　ケイオス！」

「承知！　おおおおお！」

ケイオスがありったけの神気を放出しながら、原初の混沌を刈り取るように大鎌を振るうと、三日月の刃の軌跡に沿って極彩色の空間がぱっくりと割けた。

その鋭利な断面に、マイラールの神気が注ぎ込まれる。

この二柱だけではない。その眷属や、同じ混沌や地母神としての性質を備える神々も、存在を維持出来るギリギリまで力を削って、この秘儀に力を注ぎ込む。

終焉竜はケイオス達の動きに気付いていたが、先程までとは違い、文字通り存在の格を跳ね上げた超新竜ドランの猛攻を前に、意識を他へ抜ける余裕の一切を奪われていた。

「終焉竜、これよりお前は原初の混沌を食らう事は叶わぬ。新たな檻《おり》にして決戦場たるこの大地にて、ドランに討たれるがいい！」

ケイオスの言葉と同時に、隔離結界の中にあった原初の混沌に劇的な変化が生じる。

本来、三次元よりもはるかに上位の次元であるこの場所に、突如として鮮やかな緑に飾られた大地が広がりはじめたのだ。

変化はそれだけではない。ケイオスの制御する原初の混沌を材料とし、大地母神たるマイラールの権能によって、直接この次元に広大な天地が創造された。

今やセリナ達の頭上にはどこまでも青く透き通った空が続き、遠方に目を凝らせば雄々《おお》しい山脈がそびえている。

ケイオスとマイラールという最高神二柱を中核として、終焉竜を閉じ込める事を目的として行われた『天地創造』。これこそマイラールが終焉竜に対して用意した切り札の一つだった。

ドラン達始原の七竜が超新竜へと至ったのは全くの予想外だが、終焉竜にとって不利になる戦場が、ドランにとって有利に働くのに変わりはない。

「元より、今ある地上世界は原初の混沌より我らが創造したもの。ならばこの程度、歌を歌うように、明日を生きるように成してみせましょう」

完全に格上の終焉竜を閉じ込める事を目的とした天地を創造する為に、マイラールもまた限界まで我が身を削っており、顔色は青く、声は力なく震えている。

それでも彼女は、終焉竜と戦うドランをせめて激励しようと、精一杯の強がりを見せた。

ケイオスもまた、大鎌を振るう力もないらしく、創造したばかりの大地に降り立って膝をついている。

セリナ達ばかりでなく、多くの神々と竜種達も、ドラン達の邪魔にならないように地上に降り立った。

同時に終焉竜もまた降下し、ドラン達の戦闘は地上付近で継続される。

極彩色の空間から青と緑の天地へと変化した戦場に、終焉竜は僅かに苛立ちらしさを覗かせた。

自らを機構と称したものが見せた、些細《ささい》な変化だった。

「我を閉じ込め、どこにも行かせない為だけに天地を創造するとは……」

「そうだ。そしてお前は私の手によって、ここで終わる。その名に従い、お前が真っ先に終焉を迎えよ」

終焉竜が気付いた時には、ドランの右拳が眼前にまで迫っていた。

リヴァイアサンを五体の核として再構築された超新竜は、あらゆる点で七竜達とは隔絶している。

咄嗟に振るった終焉竜の右手がドランの左頬を抉り、ドランの拳もまた、終焉竜の左頬に深々と突き刺さっていた。

砕けた牙を撒き散らし、首を仰け反らせながら両者の体が勢いよく吹っ飛んで、一気に距離が開く。

ドランにとっては今までにない大きな手応え。それに対して終焉竜にとっては、これまでとは比較にならない痛打だった。

互いに、彼我の力に差がなくなった事を改めて理解する。

始祖竜より生じ、残り続けた終焉の意志。

始祖竜より生じ、始祖竜を超えた新しき存在。

対をなす両者は、先程までの死闘でさえ準備運動にすぎなかったと思える苛烈さで、互いを完全に滅ぼすべくぶつかり合う。

「オオオオオオオ‼」

力だけでなく、自分を構成する全てを絞り出すような咆哮が響く。

終焉竜は仰け反った体勢を戻しながら三本の尾の先端に輝きを纏わせ、ドランを左右と下方から囲い込む。ドランが逃げようとしたなら、終焉竜自身がその方向へと襲い掛かり、回避を封じる構えだ。

逃げ場のない包囲攻撃を目撃したリネットが、絹を裂くような叫びを上げた。

「マスタードラン、避けてください！」

しかしそれは新たな存在へと進化したドランでも叶えられない願いだった。瞬時にそう読み取り、ドランと同じ考えに至ったドラミナが叫ぶ。

「いえ、避けるよりも、これは受けた方が！」

そう、避けられないのならばあえて受け止めて、渾身の力で反撃を叩き込む。

この選択こそ、被害を最小限に抑え、相手に痛打を浴びせられると判断したのだ。

ドランは下方から迫る終焉竜の尾を自分の尾で弾き返す。続けてその隙を突いて両脇腹を抉りにくる二本の輝く尾を両脇に抱え込み、切断せんと締め上げた。

ここまでは終焉竜にとっても想定の範囲内だったのか、慌てた様子はない。

両者は同時に顎を開いて、瞬時に練り上げた最大火力のブレスの撃ち合いを始める。

砲弾状に圧縮されたブレスが二体の超越者の体を穿ち、無数の鱗と肉と血が新しく創造されたばかりの空と大地へぶちまけられていく。

この撃ち合いは、互いの四肢と翼のあちこちが抉られて、歪な影を描くまで続いた。

しかしそこで、ドランが両脇に抱えていた終焉竜の尾の輝きが、まるで月が雲に隠れるように静かに消えた。

尾に蓄えられていた力が霧散《むさん》したのだ、などと都合の良い考えを抱くドランではない。

ドランが終焉竜の尾を放した直後、一度消えたはずの輝きが、そこに太陽が生じたように復活して、ドランの全身を呑み込んだ！

セリナ達が堪らず目を瞑り、悲痛な叫びを上げる中、まるでそれを止める為だと言わんばかりに二つの太陽を内側から七色七本の光線が貫く。

接近しつつあった終焉竜に直撃し、苦悶の声と共に後方へ大きく吹き飛ばす。

直後、ドランが二つの太陽を無数の光の粒へと散らしながら姿を見せて、焼《や》け爛《ただ》れた全身の傷を再生しながら、終焉竜を追って飛翔。

目まぐるしく攻防が入れ替わり、傷付いては癒し、癒しては傷付きながらも続く竜達の戦いに、セリナ達は色めき立ったり悲鳴を上げたりと、心の休まる暇がない。

そんな彼女達の姿を見て、マイラールはバストレルに一つだけ問いかけた。

「バストレル、もはやドランと終焉竜の戦いは私やカラヴィスでも次元が違いすぎて、詳細を把握出来ていません。ですがセリナさん達の一喜一憂している様子から、彼女達が正確に戦いの内容を把握しているのは明白。貴方が助力しているのですか？」

「隠すような事ではありませんね。ええ、あの方とは私を経由して繋がっています。それによってセリナさん達もどうにかあの戦いを観測出来ています。……他の誰よりも、セリナさん達にはあの戦いを見ていてもらわなければなりませんから。それがあの方の何よりの力となる。違いますか？」

「貴方の言う通りです。貴方がそこまで変わるとは、そして貴方の存在がここまで大きな鍵となるなんて、ドランも想像していなかったでしょう」

「ふふ、偉大なる女神と名の知られたマイラール神にそのように言っていただけると、誇らしい限りです。では敬意を表して一つお教えしましょう。そろそろ戦いが佳境に入りますよ、ほら」

「行けええー！　ドランさん‼」

セリナのなりふり構わない声援が届いたのか、ドランが振りかぶった右の拳が終焉竜の左頬を打ち抜いて、そのまま大きく首を仰け反らせる。

直後、右腕を振り抜いた姿勢のドランの顎を、下方から伸び上がってきた終焉竜の尾が強かに打つ。

ドランの口から血と共に砕けた白い牙が散乱するが、彼はそれを気にも留めずに攻撃を再開する。

殴り、蹴り、噛みつき、打ち、叩き、撃ち、薙ぎ……両者は幾度となくお互いの体を傷付け続ける。

戦いの余波によってもたらされる強大な力は、この天地だけにはとどまらずに原初の混沌へと波及し、無数の世界の誕生を促す火種となった。

戦いの激化に伴って、原初の混沌に灯る輝きが増している。

この世の頂点と考えられてきた始祖竜すら超越した両者の戦いは拮抗していたが、バストレルが見たように、今まさにその均衡が崩れんとしていた。

「終わりにするぞ、終焉竜！」

直前の殴打によって吹き飛んだ終焉竜へ向けて、ドランが両手を突き出す。

この動きに合わせ、彼の周囲に深い緑色の鱗を持った巨大な蛇の幻影が浮かび上がった。

終焉竜を一呑みに出来る大きさの大蛇は、まさしくセリナの使うラミア種の固有魔法【ジャラーム】の幻影そのものだ。

ドランの魔力で行使された【ジャラーム】は〝シャア！〟と息を吐きながら襲い掛かり、十重二十重と周囲を囲いながら、大顎を開いて終焉竜を頭から丸呑みにしようとする。

「貴様の得た繋がりとでも言うつもりか、始祖竜！」

終焉竜は苛立ちを露わにジャラームの顎に手をかけ、渾身の力で瞬く間に上下に引き裂いてしまう。

セリナの扱う【ジャラーム】であれば、そのまま猛毒の体液が終焉竜へと襲い掛かるが、ドランの放ったそれは違った。

長大な体の半分ほどを裂かれた【ジャラーム】が、無数の黒薔薇の花びらへと変わって、終焉竜の周囲を埋め尽し、芳しい香りで満たす。

魂の深部にまで浸透した黒薔薇と【ジャラーム】の二種の混合毒に全身を侵され、終焉竜は堪らず反吐を吐き、口のみならず全身から一斉に血を噴き出す。

終焉竜が尾の先から爪の先までを、耐えがたい苦痛と悪寒、灼熱《しゃくねつ》と極寒が交互に繰り返される感覚に襲われている間に、ドランの姿は彼の間近まで迫っていた。

その右手にはドラッドノートの形を模した白い光の剣、左手にはリネット愛用のメイスを模した白い光の大槌が握られている。

「私は始祖竜ではない、ドランだ！　その覚えの悪い頭に——束の間とはいえ、刻んでおけ！」

終焉竜は口ばかりでなく五体のそこかしこから血を噴き出しながら、とっさに両腕を頭上で交差させて防御の構えを取る。

そこへ黒薔薇の花びらを散らしながら、メイスの一撃が叩き込まれた。

凄まじい破砕音が響き渡り、耐えきれなかった終焉竜の両腕の鱗や骨が砕けてあらぬ方向へと捻じ曲がる。

さしもの終焉竜も苦痛の叫びを上げる中、容赦なく振るわれたドランの光剣《こうけん》が両腕を肘から斬り飛ばす。鏡のように研《と》ぎ澄《す》まされた断面は、斬られた事に気付いていないかのように血が滲みもしない。

くるくると舞い飛ぶ終焉竜の両腕は、ドランが振り返りもせずに撃ち出した七色の光弾によって跡形もなく消し飛んだ。

メイスと光剣はそれぞれ一撃にのみ全霊を込めた為、既にドランの手からは消えている。

徒手《としゅ》となったドランは終焉竜へと掴みかかり、逃げられぬように両肩へ深く爪を立てて左首筋へと噛みついた。

アレキサンダーが変じた牙は終焉竜の鱗をやすやすと貫いて、傷口からごぼごぼと血が溢れ出す。

いや、血と生命力の流出ばかりではない。終焉竜はドランの牙から自身へと流れ込んでくる呪詛に気付いた。

それは、牙を突き立てた相手の魂を根底から汚染し、ドランの眷属へと強制的に変える悍ましい呪詛だ。

「バン、パイアの牙かっ！　魂の汚染などと、ぐぅぅう、おぉああ‼」

バンパイアがさらに血を吸う事で眷属化の工程を終えるのに対し、ドランの場合は牙を突き立てるだけでそれを成す。

終焉竜の血など、一滴たりとも飲みたくないという彼の意志故か。

終焉竜はドランに噛みつかれた首筋を内側から爆破する荒業を躊躇なく行使する。

終焉竜の内側から発生した灰色の閃光と爆発に受け、さしものドランも口から煙を噴きながら牙を離す。

だが終焉竜の両肩は掴んだままだ。

「がぁああ！」

終焉竜は吹き飛ばした左首筋を再生しながら、今度は自分の番だとばかりにドランの右首筋を狙って食らいつかんとする。

「ふ、む！」

咄嗟に首を傾けて避けたドランの首筋で牙の噛み合う大きな音が響き、終焉竜の牙は空を噛む。

その隙を逃さずに、ドランは終焉竜の右首筋に深く、深く噛みついた。

いまだ左首筋が再生しきらない終焉竜は、再びバンパイアの吸血による眷属化能力を模した魂の汚染を警戒するが、ドランの狙いはそこにはなかった。

むしろそう思わせて意識を逸らすのが目的であっただろう。

右首筋の傷口から魂を侵食する呪詛は広がらず、その代わりにドランの口中に膨大な力が溜め込まれているのを、終焉竜はここに来て察した。

——だが、それはあまりにも遅すぎた。

その力は、再生を許さぬ必滅の一撃を加えるべく、新たなドランとして再誕した瞬間から蓄え続け、隠し続けていたものだ。

「始祖竜は他者との繋がりを選んだ。お前は始祖竜の選ばなかった選択肢でしかない。始祖竜の意志ですらない。邪神共と混じり合い、歪み、増長した結果がこのざまだ。始祖竜を阿呆《あほう》だ、阿呆だと思っていたが、ここまでとは。愚か、あまりに愚か！」

「貴様とて、貴様らとて〝我〟から生じた存在であろうに！」

「なればこそ、こうまで嘆いている。己を始祖竜の遺志そのものと勘違いした愚者よ。もはや存在するだけで世の全てを乱し、災いをもたらすばかり。同じく始祖竜より生じ、変じたものとして、私が引導を渡す！」

怒り、嘆き、後悔、そして憐れみの混じる叫びと共に、ドランは噛みついたままブレスを放った。

——直後、虹色の閃光が終焉竜の体内を蹂躙し、そのまま内側から跡形もなく吹き飛ばして、青い空とその向こうに延々と広がる原初の混沌を貫いていく。

ゼロ距離どころかマイナスと言える距離から放たれたブレスにより、終焉竜は首から下を完全に吹き飛ばされた。

その傷口は一向に再生する様子が見られない。

ここまでの激闘による疲弊と損傷、そしてドランの渾身のブレスが終焉竜の存在に終止符を打とうとしていた。

「始祖竜は、再び、我を選ばなかった……か……。究極の孤独は始祖竜すら滅ぼす。ならば……繋がりを得た……貴様という存在は……始祖竜の選択が正しかった……証明か……」

消えゆく終焉竜の首は、吹っ切れたように感嘆さえ交えて言葉を連ねる。そこに、古神竜ドラゴンへの怨恨と憎悪に焦がれた六邪神達の面影はもうなかった。

「今際の際になって悟ったような口を利くものだ。貴様がそうと納得する為だけに世界の全てを終わらせかねない所業に及んでは、まるで釣り合いが取れん。つくづく愚かだ。そして、この私もかつて始祖竜が抱え続け、挙句に歪んだ始祖竜の選択肢よ、さらばだ！」

ドランは容赦なくそう告げて、放っておいても間もなく消えるであろう終焉竜の首を——それでも自らの両腕を振るって、引き裂いた。

「……ああ、さらばだ。始祖竜の願いを超えた者よ！」

朝日に退く夜のように。

颪に散る霧のように。

終焉竜は始原の七竜すら上回る絶対強者として揮った猛威が嘘であったかのように、静かに消え去った。

痕跡一つ残さず、自らの手で完全に消滅させたのは、ドランなりの礼儀か、あるいは慈悲であったか。

時を同じくして、神々や竜種達と熾烈な戦いを演じていた終焉偽竜達も次々と姿を消し、終焉竜から生じた存在は完璧に消え去った。

戦いの余波から全ての世界を守っていた天と魔の神々や高位の竜種達は、まだ目の前の光景が信じられないのか、戦いの構えを崩していない。

それが緩んだのは、ドランが全身から緊張と力を抜き、ゆったりとした速度でセリナ達に近づいていくのを見てからであった。

ようやく未曾有にして二度とあってほしくない災害が終わり、誰もが堪えきれずに安堵の息を零す。

ある者はその場にへたりこみ、またある者は近くにいた者と抱擁《ほうよう》を交わし、またある者はその場で卒倒した。

アルデスは妹と肩を組み〝あのドランに勝つにはさてどれだけ修業せねばならんかな、ぬはははは！〟と楽しげに大笑い。

ケイオスは原初の混沌と創造した天地との接続を解除して、限界まですり減らした自らの精神にようやく休息を許す。

クロノメイズは信奉《しんぽう》するドランが戦いの最中に見せた進化と変貌に度肝を抜かれ、腰砕けになって放心している。彼女のこんな姿を見たら、どんなに敬虔《けいけん》な信者でも信仰に疑問を抱いてしまいそうだ。

そしてセリナ、ディアドラ、ドラミナ、クリスティーナ、リネット達の佇む場所へと、ドランがようやく到着した。

虹色に輝く瞳には限りない感謝と慈愛が満ちていて、セリナ達の存在が彼にとってこの上なく奮起する材料となったのだと、万人が認めるだろう。

「本当に、よくぞここまで来たものだ。再びまみえるとしたら、ベルンに帰った時だと思っていたのだけれど」

この世で最も大切な宝物を見るように優しい眼差しを向けるドランへ、セリナが目尻に涙を浮かべながらも朗らかに笑って答えた。

「だって、ドランさんがあんまり待たせるものですから、皆で必死になって捜してしまったのですよ」

これにはドランも反論出来ずに、口を閉ざす。

ディアドラがセリナの目元の涙を親指の腹で拭いながら、責めるような口調で——けれども顔には笑みを浮かべて、言葉を続ける。

「貴方にしては珍しく時間が掛かっていたから、私達も随分と気を揉んだわ。珍しい体験ではあったけれど、もう一度と言われたら御免こうむるわ。本当に……心配したのよ」

「ああ、私もこんな体験は一度だけで充分だ。君達を心配させてしまったのは私の不徳の致すところだ。だが、これでもう始祖竜の終わりを望む遺志はなくなった。私やアレキサンダー達とて、既に始祖竜とは別の存在となっている。既に冥界にすら存在しない者が、これ以上今を生きる者達に不要な干渉を行う事はないよ」

ドランの声音から緊張がなくなっているのを聞き届け、ドラミナは大いに安堵しながら、愛しい竜にこう告げた。

「この度の異変は私達にとっても、貴方にとっても、想像すらしなかったものでした。誰もがもうこりごりだと感じるのも当然でしょう。けれど、こうして異変が解決する場面を直接見て確かめられたのは、何よりの僥倖《ぎょうこう》です。これからベルンに戻ったらゆっくりと一休み……と言ってあげたいところですけれど、今回の異変の影響が各教団を中心に出ていますから、しばらくは忙しくなりますよ。ねえ、ベルン男爵?」

ドラミナは少しからかうように、あえて役職名で呼びかけた。

隣では、勝利と安堵に瞳を潤《うる》ませていたクリスティーナが、ドラミナの意図を汲んで姿勢を正した。

行方をくらませていた部下に、上司として一言文句を言うくらいは、誰だって許してくれるだろう。

「まったくだ。私達ばかりではない。あっちこっちに心配をかけたのだから、そうそうゆっくりとしてはいられないよ」

クリスティーナは厳しい言葉を投げ掛けながらも、新しい姿を得た竜へと微笑みかける。

「ふむ、それは仕方のないところだな。私がもっと上手く立ち回れたら良かったが、迷惑を掛けた分の苦労はするとも。それに、君達も手伝ってくれるのだろう？」

ドランの問い掛けに真っ先に応じたのは、今回、聖法王国に赴く際、ドランに同道する事が叶わずろくに役に立てなかった後悔から、従者魂に火が点いているリネットだった。

彼女にしては珍しく語気が強く、自分の意思をはっきりと主張する。

「もちろん！　マスタードランの行くところ、火の中、水の中、リネットはどこまでもお供いたします！　今度こそどこまでもついて行けるように、ガンデウス、キルリンネと一から鍛え直します」

フンフン、と気合満点のリネットにドランは竜の姿でもはっきりと分かるくらいの笑みを零す。

それからドランはこの場に集まったその他の面々に意識を向ける。

「マイラール、カラヴィス、レニーア、この度の助力、まことにかたじけない。私達の前世の不始末に端を発した騒動に、君達を巻き込んでしまった事を心から謝罪する。そして本当にありがとう。君達が居なければ終焉竜を相手に勝てたかどうか……」

少しは消耗から回復したレニーアが、興奮した面持ちで父に対して熱の籠もった言葉を返す。

始原の七竜と終焉竜の戦いは、父を妄信するレニーアであっても、ドラン達の勝利を絶対視出来ないほどに苦しい戦いだった。

しかしドランは、それを新たな境地へと達して見事に勝利を収めてみせたのだから、元からあった敬意が一回りも二回りも巨大化している。

「いいえ、いいえ、少なくとも私に関しては、お父様の感謝も謝罪も不要でございます。お父様がついに始祖竜すら超越する境地に達し、真の頂に立つ瞬間をこの魂に焼き付ける機会を与えてくださった事に、私は夢心地でございます。そしてまた、セリナ達がお父様の眼鏡《めがね》に叶ったあっぱれな女性《にょしょう》であったのを、改めて認識いたしました。終焉竜などという腹立たしい奴の顔を見る羽目にこそなりましたが、私にとっては得るものの方がはるかに大きな一幕でございました」

相変わらずレニーアの頭の上に寝ころびながら、カラヴィスはヒラヒラと手を振って笑う。

「レニーアちゃんにとっちゃ、ウハウハな戦いだったかー。ぼかぁ、流石に疲れちったよ。でもま、あの阿呆な邪神の搾《しぼ》りカス共が終焉竜なんてイキがった挙句、ドラちゃんにボコボコにされたのは、見ていて楽しかったし、胸がスカッとしたから結果としては良しとしとくよ」

いつもならドランにちょっかいを出すところだが、さしもの大邪神も、自らの存在を維持出来る限界まで力を絞り尽くしたとあっては、起き上がる気力もないらしい。

誰もがドランの勝利を喜んで言祝《ことほ》ぐ中で、マイラールだけは新しく進化したドランの体に埋め込まれた水晶状の物体を見ながら、どこか悲しげな表情を浮かべる。

マイラールほどの大女神でも、この場から消え去った六竜の気配を感じられない為、彼らを案じているのだ。

「貴方の勝利にはいくらでもお祝いの言葉を伝えたいところですが、バハムートやリヴァイアサン達はどうなったのですか？　貴方達が始原の七竜へと回帰した場合、全員の心が消えるのではないかと危惧《きぐ》していましたが……貴方へと統合された今、彼らは？」

当然、ドランを除く六竜の心の行く末を、この場に居る誰もが心配していたが、終焉竜の撃破に浮かれて尋ねるのが遅くなった。

カラヴィスを除いた面々が不安げな表情を浮かべる中、答えを示したのはドランではなく……彼の体に埋め込まれた水晶達だった。

それぞれが明滅しながら、リヴァイアサン達の声で話しはじめたのである。

『マイラールや、そう案じずともよい。なに、妾達ならばこの通り健在よ。肉体はドランに回帰しておるが、自我はこれこの通り残っておるわ』

「まあ、リヴァイアサン、なんというか、小さく変わってしまいましたね。ひょっとして終焉竜との戦いの最中にも意思はあったのですか？」

思いもかけない形で健在を伝えてくるリヴァイアサンに、周囲の神々やセリナ達が驚きを露わにする。

そんな彼女達を横目に、マイラールに答えたのは先程のリヴァイアサンではなく、黒く明滅する水晶――バハムートだった。

どうやら各々の鱗の色が水晶に反映されているらしい。

『戦闘中は我らの自我を封じて、ドランの肉体である事に徹していたが、戦いが終わった今ならば、喋り出しても構うまい。リヴァイアサンばかりでなく、我やヴリトラ、ヨルムンガンド、アレキサンダーにヒュペリオンも健在であるよ』

バハムート以外の水晶も次々と話しはじめる。

『いやー、まさか始祖竜じゃなくって新しいドランに統合されるなんて、予想外だったけれど、ぼく的には終焉竜よりも速く動けるのが体感出来て満足・満足・大満足さ』

これはヴリトラだ。言葉通り実に満足げである。

一方、のほほんとしたヴリトラと対照的に、ヨルムンガンドはまだ警戒を解いていない声色だ。

『ドランの目を通して見ても終焉竜の消滅は確実だが、奴の誕生を許したのは、我らが揃って痕跡を見落としたからこそ。今しばらく、警戒を緩めるべきではないだろう。……まあ、ヒュペリオンはそうはいかないか』

『くうくう、すぴぴぃ』

珍妙な音を発する水晶がヒュペリオンだ。どうやら既に趣味である睡眠に耽っているらしい。

ヨルムンガンドは呆れを隠さなかったが、そうなるのも無理のない総力戦だったと理解を示し、起こそうとはしなかった。

アレキサンダーもヒュペリオンには閉口している様子だが、その言葉に棘はない。生誕より史上最悪の敵を倒し、少しは気が緩んでいるのだろう。

『ふん、ヒュペリオンはどこまで行っても呑気なものだな！　終焉竜なんぞとご大層な名乗りを上げた奴の始末は終わったし、もういい加減この場から去ってもいいだろう。それに、私達もいつまでもお兄ちゃんの体にひっついたままではいられない。離れられるかどうかは分からないが、まずは試してみないと』

この言葉にはドランも同意だった。

こうして兄妹達の心が残ったのは彼にとっても嬉しい限りだったが、出来るならば再び面と向かって言葉を交わし、絆を育んでいきたいところだ。

それに、今後地上に戻って、いずれセリナ達と夫婦として暮らしていくのに、兄妹達がいつでも一緒というのは大いに気まずい。

「ふむ、それは確かに困るな。私はアレキサンダー達の顔をまた見たいと願っているのだから。ああ、それに……これは、ガンデウスにキルリンネ、リリに他のドラグサキュバス達もか。ふふ、必死に私達の無事を祈ってくれている。早く帰って皆を安心させてあげないといけないな」

ドランは地上世界から届く痛切な祈りに耳を傾け、胸の内に湧き起こる温かな思いに顔を綻ばせた。

そして、周囲の神々と竜種をぐるりと見回して、深々と一礼する。

「言わば身内の後始末であったこの戦いに、多くの方々のご尽力を賜った事、心より感謝申し上げる。戦いが終わった今、疲弊し、傷付いた魂をどうか癒してほしい。どうやって君達に返礼すればいいいか、今はまるで分からないが、いつか相応の礼をしたく思う。改めて感謝を。ありがとう」

そうしてもう一度頭を下げたドランは、視線を転じ、バストレルへ少し困ったような顔を向ける。

「冥界で顔を合わせた時以来だな、バストレル。ハーデス達が君の解放を決断するとは驚いた。しかし、あの時冥界で君に会いに行く事を決めたのは、正しかったようだ。そして君もまた最善の一手を担ったわけか」

　バストレルは恭しく首を垂れ、ドランから掛けられた言葉を噛み締めている様子だ。

「私などがお役に立てたのならば、何よりでした。私も大変素晴らしいものを拝見出来て、感服の至りです。私のかつての所業をご存知の皆さんにとっては業腹《ごうはら》かもしれませんが、私は今、夢見心地でございますよ。どうぞ、これ以上の感謝の言葉はお控えください。歓喜のあまり心臓が破裂してしまいそうですので」

「はて、一体どういう心境の変化があったのやら。好ましい変化ではあるが……」

　まるでレニーアを思わせるバストレルの態度に、ドランは心底不可思議そうな表情を浮かべたが、まもなく冥界へ戻される相手という事もあり、それ以上追及はしなかった。

「ふう……さて、セリナ、ディアドラ、ドラミナ、クリス、リネット、ベルンに帰ろうか」

　万感の籠もるドランの言葉を受けて、名前を呼ばれた誰もが破顔して同意したのは言うまでもないだろう。

第六章――― 故郷

かくて六邪神達と始祖竜の終焉の遺志から始まり、終焉竜と超新竜という破格の存在の決戦を終えて、一連の騒動は幕を下ろした。

聖法王国は聖法王の行方不明、主戦力である天意聖司達の壊滅、信徒とされていた人々の洗脳解除により、国家・宗教団体としての機能を停止し、早くも戦乱に見舞われている。

ベルン男爵領では一時的に行方不明になっていた領主補佐官のドランが、カラヴィスタワーを経由して領主クリスティーナ達と共に無事に帰還した。

不在を知らされていたのはごく一部の者だけだが、これで彼らも安堵したであろう。

当のドランはというと、黒髪に青い瞳、まあまあの顔立ちという〝人間として授かった姿〟のまま、ベルン領主の屋敷の一室で、ベッドの上の住人となっていた。

帰還してから数日が経過していたが、兄弟姉妹との融合と分離、終焉竜との死闘の影響は、彼の魂を大いに疲弊させていた。

傍らには椅子に腰かけたクリスティーナの姿があり、手にした何枚かの便箋《びんせん》をドランに見せている。

ドラン達共々ベルンに帰還した後、クリスティーナは混乱状態にある王宮へ――ざっくりとした内容ではあるが――一連の事態の報告書を送っていた。

ドランは聖法王国からの刺客との戦闘により大いに消耗し、命に別状はないがベッドから離れられない衰弱状態にある、と伝えてある。

王宮が慌ただしくなっているのは間違いなかったが、スペリオンはベルン男爵領の存在を重要視してくれており、ガロア総督府経由で転移魔法による文書の送付が行われた。こうして、クリスティーナの手元にスペリオンをはじめとした者達からの手紙が届いた次第である。

「スペリオン殿下からは直接お見舞いに来られず申し訳ないと、謝罪の手紙が届いているよ。ロマル帝国の関係で忙殺《ぼうさつ》されているらしい。ロマルと言えば、アムリアと八千代、風香からも文があった。八千代と風香の手紙は、巻物というやつだったか？　随分と長文だが、見慣れない文字だな。これでは解読も一苦労だよ」

アムリアはロマル帝国の皇帝の血を継ぐ女性で、アステリア皇女の双子の姉妹だ。しかし、帝国で双子は凶兆《きょうちょう》であった為、彼女は長らく存在を隠匿《いんとく》されていたのだが、紆余曲折《うよきょくせつ》を経て今はアークレスト王国が保護している。獣人の八千代《やちよ》と風香《ふうこ》は彼女の護衛兼友達といった関係だ。

三人とも、ドランがスペリオンと共に帝国を訪問した際に知り合った友人だ。

「アムリア達からも手紙が？　スペリオン殿下がお節介……いや、気を利かせて、彼女達にも伝えてくださった、というところかな」

どうやら友人達に無用な心配をかけてしまったようだ——と、ドランは申し訳なさを覚えた。

彼はゆっくりと、苦労しながら上半身を起こして、主君であり恋人でもあるクリスティーナと向き合う。

「しかし、殿下は何やらお忙しいようだな。そう遠からず、王国は帝国に対して大きな動きを見せるかもしれないね」

ドランの予想を聞き、クリスティーナの顔が曇る。

「次期皇帝の座を争っているアステリア皇女とライノスアート大公、どちらかと手を組むのか、どちらとも手を組まずに領土を切り取るか、帝国そのものを平定してみせるのか。血の流れるやり方だと遺恨になるからな……」

「そうでなくとも、ロマル帝国は異民族や異種族を力づくで平定し、差別し、今に至るまで怨恨の歴史を積み重ねている。やり方を間違えたら、アークレスト王国が第二のロマル帝国として恨まれるだろう」

「殿下ならば穏便《おんびん》な道を選んでくださるとは思うけど。それにアムリアも居るし」

「分かりやすいのは政略結婚か。ライノスアートの御息女か親類、あるいはアステリア皇女ご自身と殿下が婚姻《こんいん》を結ばれるという手もある。まあ、私が見た限り、あの皇女様はかなりの曲者《くせもの》だろうから、簡単にはいかないだろうなあ」

万が一にも、ドランの言う通りアステリアとスペリオンの政略結婚が成った暁《あかつき》には、既得権益層にとっても、反乱を起こした人々にとっても、そう悪い未来は訪れないだろう。

帝国の貴族は気が気ではなかろうが、両者の気性と能力、王国からの助力があれば、帝国の国内の混乱を穏便な形で収束させられるはずだ。

ただ、たとえそれが最も血の流れない道であろうとも、ドランにはスペリオンとアステリアが政略結婚する未来がどうしても想像出来なかった。

クリスティーナは手の中の便箋を丁寧に畳み、身動き一つするのも難儀《なんぎ》な様子のドランに苦笑を零した。

「それにしても、君がここまで追い込まれるとは……返す返すもとんでもない敵だったな」

「前にも言った通り、あれは身内の恥に等しい。恐ろしくはあったが、それ以上に恥ずかしい敵だったよ」

「ふふふ、恥ずかしい敵か！　そんな風に言えるのも、勝てたからこそだよ。それに、アレキサンダーさん達も分離出来たからな。まあ、無事と考えていいのかは、今のドランを見ているとはっきりりとは言えないが」

クリスティーナが曖昧《あいまい》な表現をした理由は、この部屋の中にあった。

ここに用意されたベッドに横になっているのはドランばかりではなく、地上帰還時に分離に成功した他の始原の七竜達もまた、人間に変化した姿で世話になっているのである。

彼らの世話をしているのは、従者魂が燃え上がっているままのリネットとガンデウス、キルリンネラメイド三姉妹と、セリナ、ディアドラ、ドラミナ達だ。

他にも見舞客として、龍吉と瑠禹親子、モレス山脈に棲む深紅竜《しんくりゅう》――ヴァジェも、何度か顔を出していた。

ドランの右隣りのベッドで横たわっているアレキサンダーが、こちらもまたろくに動けない状態のまま、二人の会話に口を挟む。

「お兄ちゃんがあれだけの力を揮った反動と考えれば、全員、疲弊しているだけで精神に異常はないし、安いものだ。世話をされるばかりというのはどうにもむず痒《がゆ》いけれどな」

そう言いながらも、アレキサンダーの場合はドランの隣に居られるのなら、大概の事は許容するだろう。

室内を見回せば、他の竜達も甲斐甲斐しく世話をされるのに居たたまれなさはあっても、文句はなさそうだ。

例外的に、普段以上にひたすら睡眠を満喫しているヒュペリオンなどは、このままここで暮らすと言い出しかねないほどである。

体を起こしたリヴァイアサンの長い髪をブラシで梳《す》いていたセリナが、アレキサンダーを振り返ってしみじみと語る。

「それでも、本当に無事に分離出来て何よりでした。ガンデウスちゃん達の祈りを辿ってタワーに戻ったところまでは良かったですけれど、四苦八苦しましたものねえ」

新たな水差しをワゴンに乗せてきたディアドラが、セリナにつられて、その時のすったもんだを思い出して口を開いた。

「分離するのがあと一歩遅れていたら、始祖竜みたいにドランの体に埋め込まれていた水晶みたいなのを抉り出すところだったものね」

無事に帰還した矢先に、愛する竜が――仕方ないとはいえ――自傷する現場を見ずに済んだのは、彼女にとってまことに幸いであった。

他の竜達の世話や室内の清掃を行なっていたドラミナやリネット達も、ディアドラの言葉に心から同意して、うんうんと頷き合う。

普段、このように全面的に世話をされる経験などないバハムートは、しきりに恐縮しており、心底からの感謝と謝罪の言葉を口にする。

「貴女達には迷惑をかけてしまい、申し訳ないと思っている。ドランを含め、我らのこの状態もそう長くは続くまい。それまではこうしてお世話になる他なく、頭が下がる思いだ」

女王然として受け入れているリヴァイアサンや、快適快適と笑うアレキサンダーとはまるで正反対だ。

ヴリトラは一分一秒でも早くまた空を飛びたいと、分かりやすく主張しており、少しでも回復を早める為に、不気味なほど大人しくしている。

ヨルムンガンドはほとんど口を開かずに、今度こそどんな異変も見逃すまいと、原初の混沌を監視し続けていた。八割くらいは意地になっているだけだから気にしなくていい――とは、ドランの言だ。

そこにノックの音がして聞き慣れた声の主が入室してきた。

「失礼いたします、お父様、始原の七竜様方」

「お加減はいかがですか、と聞く必要はなさそうですね。皆さん、体は動かせずとも顔色は大変よろしい」

レニーアとバストレルの二人である。

レニーアはガロアに帰還し、泣きべそをかいていたイリナをどうにか宥《なだ》めた後、時間を作ってはこうしてベルンへ足を運んでいる。

バストレルは冥界が落ち着くまでは——などと言い訳して、いけしゃあしゃあとベルンに留まっていた。

揃ってスタスタとドランのベッドの脇まで歩いてくると、レニーア監視の中、バストレルが恭しくその場で片膝を突く。

「これまでご厚情《こうじょう》に甘え、このベルンの地に滞在しておりましたが、冥界のタナトス神から濃密な嫉妬混じりの帰還命令が届きました。死者たる我が身では逆らえぬ命令ですので、お別れの挨拶をしに伺いました」

「そうか。ふむ、過ぎてみればあっという間だな。順調に発展中とはいえ、まだまだ辺境のベルンだ。ここで過ごす時間は君にとって、いささかならず退屈な時間だったのではないか？」

自分でもおや？　と思うほど、ドランの声音は平穏だった。少なくとも、かつて敵であった者に掛けるには、随分と柔らかだ。

それに答えるバストレルもまた、穏やかな表情をしている。

「いいえ、地獄に封じられていた身からすれば、何もかもが新鮮でした。生前と世界が変わっていない事を考えれば、死後、私の物の見方が変わった事によるものでしょう。自分でも好ましく思える変化でありますよ」

「ふむん。確かにな。記憶にあるかつての君とは別人かと疑うような変化だ。今回の件では大いに助けられた。冥界も相応に君に報いるだろう。私が人間として生きている間に刑が終わる事はあるまいが、いずれ来る終わりを粛々と待ちなさい。それが君にとって最善であろうから」

「はい。お言葉、胸に刻みます。それでは、私はそろそろ冥界へと戻ります。出来れば回復なさった姿を見届けてからと思っておりましたが……今以上を望んでは私の我儘というものです」

バストレルは明らかに名残惜《なごりお》しさを含んだ言葉を口にし、すっくと立ちあがる。

万感の籠もる瞳でドランを見つめ……そして、何故かレニーアに目を向けた。

「ああん？」

レニーアは敵意満々の態度で睨み返す。

以前よりも大分丸くなったとはいえ、嫌いな相手に対してのガラの悪さはどうしようもない。

「どうぞ、お達者で。お父さん、そしてお母さん」

「……はあああああ⁉」

屋敷を震わせるほどの大声をレニーアが発するのと同時に、バストレルは悪戯《いたずら》を成功させた子供のようにあどけなく笑って姿を消した。

冥界の奥底、地獄の最下層へと戻ったのだ。

バストレルとしては満足のいく別れの挨拶だっただろう。

しかし、最後にとんでもない事を言われたレニーアは愕然《がくぜん》と口を開き、ついで妖精の如く愛らしい顔を憤怒の赤色で染め上げる。

「あんの男女《おとこおんな》――いや、女男《おんなおとこ》？　よりにもよって、私をお母さんだと！　お父様をお父さんだと!?　地獄で責め苦を受ける間に魂が壊れたか‼」

レニーアは憤懣《ふんまん》やるかたない様子で地団駄《じだんだ》を踏んでいるが、絨毯《じゅうたん》と床板を踏み抜かないあたり、一欠片の理性は残っているらしい。

バストレルの最後の言葉を耳にしたドランをはじめ、セリナ達は、そこでようやく合点がいった。冥界から遣わされたバストレルがやけにドランとレニーアに従順で、やたらと敬意を払っていたのは、二人を自らの親と思い定めた事に起因していたらしい。

地獄でドランと対話したのがきっかけだったのだろう。

バストレルはドラッドノートに保存されていたドランとレニーアの霊的情報から造り出された人造生命である。親が誰かと言えば、一応、ドランとレニーアになる……と言えばなるわけで……

「薄々察してはいたが、明確に言葉にされると、凄まじい衝撃があるな」

ドランは堪えきれずに大きな溜息を零した。

その溜息を拾い上げるように、ドラミナがするりとベッドの脇に置かれている椅子の一つに腰かけて、彼の顔を覗き込んだ。

「傍から聞いていた私達にしても、驚かずにはいられない発言でしたね。ドランが地獄に行ったのは、競魔祭《きょうまさい》の直後でしたか。一体、どんな会話をなさったのですか？」

「心を開かれるような会話をした覚えはないのだけれどなあ。私が人間としての生を終えるまでに再び会う事はあるまいが、バストレルがどう変わるのか、少しばかり興味はあるよ。私が興味を抱いたと聞けば、バストレルはしめしめとほくそ笑むかね？」

「かもしれませんね。それにしても……貴方のこの様子では、とても仕事は頼めません。まだしばらくは、私とクリスティーナさんで回すしかありませんね」

「面目次第《めんぼくしだい》もない。誰が相手でもそうだが、特にドラミナとクリスには頭が上がらないよ。足を向けては寝られないという心情さ。でも、復帰した時に備えて、これからの予定を聞いて意見をするくらいは出来るよ」

苦笑するドランに対し、ドラミナはにこやかな表情で頷く。

「ええ、そうですね。では……そろそろ私達も頃合いかと思う〝大切な事〟がありますから、それについて話を進めてみてはいかがでしょう」

ドランは最初、ドラミナが何を言おうとしているのか見当がつかず、しばしキョトンとしていたが、幸いにも彼女が痺《しび》れを切らす前に答えに思い至った。

彼は多少感性がズレているものの、それほど鈍感ではない。

「そうだね。ベルンの開拓に、今回の終焉竜騒ぎと、学園を卒業して以来皆には苦労をかけ通しだ。

ここまで尽くしてもらっておいて、何もしないというのも男が廃《すた》る。私の体調が戻ったら、快気祝《かいきいわ》いも兼ねて盛大に執り行おうか」

「！　ええ、ふふ。皆まで言わずとも察してくださって、私はとても嬉しいですよ」

ぽっと頬を赤くするドラミナを見て、リヴァイアサン達の世話を終えたセリナ達がなんだなんだとドランの周りに集まってくる。

「どうかしたのですか？　……あら、ドラミナさん、随分とニコニコですねえ。ドランさん、何を言われたのですか？」

悪い事でないのは確かだから、セリナがドランに問う声音は柔らかだ。

ディアドラやリネットも興味津々の様子だが、二人の会話が聞こえていたクリスティーナだけは、耳の先まで赤くして俯《うつむ》いている。

レニーアも声は聞こえていたものの、こちらはドランの意図が理解出来なかったらしい。

「うん？　なに、少し遠回しな言い方をしたけれど、つまりは結婚しようと告げたのさ。ふむん……照れくさいものだねえ」

「ええ、やはり言葉にしていただけると違うものです」

ははは、うふふ、と呑気に笑うドランとドラミナにつられて、セリナもあはは、と笑う。

「なんだあ、あははは。そうですか、結婚ですかあ。結婚……うん？　結婚⁉」

そこでようやく何を言ったか気付いて、先ほどのバストレルのお母さん発言を受けたレニーアに負けず劣らずの大声を出すセリナだった。

背後でディアドラは目をパチクリと瞬きし、リネット達三姉妹は歓喜に身を震わせている。やっと状況を理解したレニーアは、うむうむと好意的な反応だ。彼女としては、この場にいるセリナ達は崇敬するドランの伴侶《はんりょ》として申し分のない女性だった。

「あのあのあのあのあのあのあの、ドランさん、けけけけけ、結婚でしゅか⁉」

「そうだよ。随分と先延ばしになっていたけれども、そろそろ頃合いではないかな。聖法王国は撃退出来たし、慶事《けいじ》を執り行うには良い時期だろう。それに」

「それに？」

「私もそろそろ君達は私の妻です、と紹介したい。そして、この人は私達の夫です、と紹介してほしい。だから、結婚しよう。どうだろうか？」

はにかんだ笑みを浮かべて告げるドランへの彼女達の答えは……語らぬが華であろう。

「ふむん」

さようなら こんにちは
GOOD BYE, DRAGON LIFE.
竜生、人生
1~7
原作:永島ひろあき Hiroaki Nagashima
漫画:くろの Kurono
シリーズ累計
77万部!!!
(電子含む)
元最強竜の
村人転生ファンタジー開幕!!
コミックス大好評発売中
悠久の時を過ごした最強竜は、自ら勇者に討たれたが、気付くと辺境の村人に生まれ変わっていた。畑仕事に精を出し、食を得るために動物を狩る——質素だが温かい生活を送るうちに、竜生では味わえなかった喜びで満たされていく。そんなある日、付近の森で、半身半蛇の美少女ラミアに遭遇して……。——辺境から始まる元最強竜転生ファンタジー、待望のコミカライズ!!
◎B6判　◎各定価:748円(10%税込)
Webにて好評連載中!
アルファポリス 漫画
検索
さようなら こんにちは
竜生、人生 7
シリーズ累計
77万部!!
最強竜が粛清する!
元最強竜の村人転生ファンタジー第7巻!

あずみ圭
Azumi Kei
月が導く異世界道中
Tsukiga Michibiku Isekai Dochu
1~16
8.5
TVアニメ化!
2021年7月7日放送開始!
TOKYO MX・MBS・BS日テレほか
CV 深澄 真:花江夏樹
巴:佐倉綾音 澪:鬼頭明里
監督:石平信司 アニメーション制作:C2C
レシート応募プレゼント
キャンペーン実施中!!
2021年6月4日~2021年9月30日まで
詳しくはこちら
薄幸系男子の成り上がりファンタジー、開幕!
なんでだろう親の都合で異世界へ
●各定価:1320円(10%税込)
●illustration:マツモトミツアキ
1~16巻好評発売中!!
とことん不運、されどチート!!
漫画:木野コトラ
●各定価:748円(10%税込) ●B6判
コミックス1~9巻好評発売中!!

追い出された万能職に新しい人生が始まりました
①～⑤
AUTHOR:
東堂大稀
第11回
アルファポリス
ファンタジー小説大賞
"大賞"
受賞作!
隠れた神業で皆の役に立ちまくり!
コミックシーモア主催
みんなが選ぶ!!
電子コミック大賞2021
男性部門賞受賞!

追い出された万能職に新しい人生が始まりました
東堂大稀
第11回
アルファポリス
ファンタジー小説大賞
大賞
受賞作!
自分でも気付かない
隠れた神業で
皆の役に立ちまくり!

追い出された万能職に新しい人生が始まりました
1
原作 東堂大稀
漫画 宇崎鷹丸
勇者パーティから追放された見習いには錬金術師の才能が眠っていました。
第11回アルファポリスファンタジー小説大賞 大賞 受賞作コミカライズ第1巻

この作品に対する皆様のご意見・ご感想をお待ちしております。

おハガキ・お手紙は以下の宛先にお送りください。

【宛先】

〒150-6008 東京都渋谷区恵比寿 4-20-3 恵比寿ｶﾞｰﾃﾞﾝﾌﾟﾚｲｽﾀﾜｰ 8F
（株）アルファポリス　書籍感想係

メールフォームでのご意見・ご感想は右のＱＲコードから、
あるいは以下のワードで検索をかけてください。

アルファポリス　書籍の感想　検索

ご感想はこちらから

本書は Web サイト「アルファポリス」（https://www.alphapolis.co.jp/）に投稿されたものを改稿のうえ、書籍化したものです。

さようなら竜生《りゅうせい》、こんにちは人生《じんせい》 21

永島ひろあき（ながしまひろあき）

2021年　8月　31日初版発行

編集－仙波邦彦・宮坂剛
編集長－太田鉄平
発行者－梶本雄介
発行所－株式会社アルファポリス
〒150-6008 東京都渋谷区恵比寿4-20-3 恵比寿ｶﾞｰﾃﾞﾝﾌﾟﾚｲｽﾀﾜｰ8F
TEL 03-6277-1601（営業）　03-6277-1602（編集）
URL https://www.alphapolis.co.jp/
発売元－株式会社星雲社(共同出版社・流通責任出版社)
〒112-0005東京都文京区水道1-3-30
TEL 03-3868-3275
装丁・本文イラスト－市丸きすけ
装丁デザイン－ansyyqdesign
印刷－中央精版印刷株式会社

価格はカバーに表示されてあります。

落丁乱丁の場合はアルファポリスまでご連絡ください。

送料は小社負担でお取り替えします。


ISBN978-4-434-29268-2 C0093